KB106768

아린芽鱗

이 도서의 국립중앙도서관 출판예정도서목록(CIP)은 서지정보유통지
원시스템 홈페이지(http://seoji.nl.go.kr)와 국가자료종합목록 구축
시스템(http://kolis-net.nl.go.kr)에서 이용하실 수 있습니다.
(CIP제어번호 : CIP2020020180)

은종일 수필집

아린

인쇄 | 2020년 6월 1일
발행 | 2020년 6월 5일

글쓴이 | 은종일
펴낸이 | 장호병
펴낸곳 | 북랜드
　　　　06252 서울 강남구 강남대로 320, 황화빌딩 1108호
　　　　대표전화 (02)732-4574, (053)252-9114
　　　　팩시밀리 (02)734-4574, (053)252-9334
　　　　등록일 | 1999년 11월 11일
　　　　등록번호 | 제13-615호
　　　　홈페이지 | www.bookland.co.kr
　　　　이-메일 | bookland@hanmeil.net

책임편집 | 김인옥
교　　열 | 배성숙 전은경

ⓒ 은종일, 2020, Printed in Korea
저자와의 협의하에 인지를 생략합니다.

ISBN 978-89-7787-936-2 03810
ISBN 978-89-7787-937-9 05810(E-book)

값 14,000원

아린芽鱗

은종일 수필집

북랜드

책을 내면서

　살아오면서 나 자신의 자격이나 역할에 대해서 몇 번이나 기억에 남도록 자문자답했던 때가 있었다. 처음은 육군 신병훈련을 마치고 곧장 전방 보초 근무에 투입되면서 '내가 정녕 나라를 지킬 수 있는 군인인가?'라는 생경함에서였고, 다음으론 직장 퇴임 후 성당의 총회장, 대리구 대표총회장 등 평신도 사도직에 선임되면서 '내가 정녕 신앙적으로 대표 자격이 있는가?'라는 저어함에서였다. 그다음으론 소년기의 꿈이었던 문학마당에 들어와 늦깎이 수필 부문 신인상을 받고 부족한 글들을 묶은 수필집을 이어서 내면서 '내가 정녕 이런 책을 내도 괜찮은가?' 하는 자격지심에서였다.

　육 년 전 세 번째 수필집을 내고서 '이러한 글을 또 묶어서 내놓아야 하는가?'라는 자기반성이 일었다. '스스로 부끄럽지 않는 그런 작품을 써보자'라는 다짐은 '소가 자기도 모르게 내는 울음소리가 시라면, 산문은 삶이라는 뻣센 지푸라기를 씹고 또 씹는 되새김질 같은 것이다.'라는 나희덕 시인의 말에 필이 꽂혔기 때문이다. 이 주제가 씹고 또 씹는 되새김질 거리인가, 이 소재가 삶이라는 뻣센 지푸라기인가를 숙고하지 않으면 안 되는. 그것이 평론과 시 공부로의 천착이었지만 능력의 분산은 어느 것 하나도 성가聲價를 이루지 못한 채 여섯 번째 작품집을 또 묶었다.

　나의 삶 안의 실패가 독자들의 성공을 유인하는 공유 가치가 되었으면 하는 바람 하나로. 콩나물시루의 콩나물이 물을 흘려보내도 자라는 것처럼, 그렇게 자라나기를 소망하는 시니어 문학도의 꿈과 노력은 언제나 현재진행형이다.

2020년 초여름
은 종 일 殷鍾一

차례

잡초를 잡다 2

3 아린

접목 *4*

5 시간을 조망하다

1
제비꽃

세상의 짐을 지는 이들은 곧은 소나무와 같은 잘난 이들이 아니라, 등 굽은 소나무같이 봉사와 헌신의 삶을 살아가는 보통사람들이라는 생각의 비약은 왜일까? 고난의 삶을 살아가는 보통사람들이 주인이 되는 그런 세상을 등 굽은 소나무에서 보아서인가 보다. ―「등 굽은 소나무」에서

숲

산을 오른다. 푸른 물이 뚝뚝 떨어지는 숲속 길에 장송 한 그루 거꾸로 누웠다. 힘들었을 가풀막 삶을 간밤 폭풍이 거둬간 모양이다. 하늘로 쳐든 부실한 뿌리, 부러지고 찢어진 굽은 등, 기구했던 반세기 삶이 처연하다.

우금의 물소리 따라 걸음을 옮긴다. 숲이다. 나무와 풀이 모여 삶의 터전을 이뤘다. 위로는 굴참나무 신나무 등 여러 종류의 나무가 높이 경쟁을 하고, 그 아래는 키 작은 나무들과 풀들이 넓이 경쟁을 한다. 큰 나무 밑의 작은 나무들은 틈새에다 거처를 마련하고, 바람에 흔들릴 때 잠깐씩 들어오는 햇빛을 놓칠까 봐 목을 빼들고 있다. 숲 세상도 공평하지 않다. 종족마다 그들의 조상이 물려준 유전형질

대로 주어진 환경에 적응해 나가면서 자자손손 번식을 꾀하고 있다. 비옥한 터를 더 많이 차지하고, 햇빛을 더 많이 받는 것이 이들의 한 결같은 소망이리라.

산에는 꽃이 피고, 산새가 울고, 바람이 노닌다. 철 따라 새 옷을 갈아입는다. 무심히 보는 숲은 평화스럽기 그지없다. 하지만 숲 안에서도 밀고 당기는 싸움과 증오·반목·시기·질투가 얽히고설키어 있으리라는 생각은 왜일까. 무성한 숲은 저마다 제자리를 지키기 위하여, 햇빛과 영양소를 확보하기 위하여 혼신을 다한 투쟁의 결과일 것이라는 생각 때문이다.

모든 나무가 이런 숲의 질서에 순응하는 것은 아니다. 들머리의 소나무 전나무와 같은 침엽수는 그들만의 씨족사회를 고집한다. 그들은 곧게 빨리 자라서, 가지를 서로 맞닿게 뻗어서 아래에 짙은 그늘을 만들어 버린다. 적은 햇빛으로도 버틸 수 없게끔 숨통을 죈다. 게다가 피톤치드와 같은 독성물질까지 내뿜어 댄다. 바닥에서 자라는 풀까지도 용서하려 들지 않는다. 끼리끼리 무리를 짓고, 호오를 챙기며 다른 종족과 생존의 싸움을 이어가는 것이 인간들의 집단 이기심을 너무나 빼닮았다.

숲 세상에서 씨족공동체를 이루며 살아가는 침엽수들은 활엽수들로부터 열대지방의 밀림에서 온대와 한대지방으로 쫓겨나온 패배자들이다. 더 빨리 자라는 활엽수와의 키 경쟁에서 완패하였기 때문이다. 밀고 당기는 숲의 생존방식이 아닌 전부가 아니면 전무라는 배타적인 '떼거리 방식' 때문에 삶의 입지를 모두 잃은 것이다. 이것이 과연 나무나라들만의 이야기일까.

숲을 보노라면 우리 삶의 학교처럼 여겨진다. 나무, 언제나 그 자리를 옹골차게 지킨다. 비바람에 흔들리다가도 바로 제 자리를 찾아간다. 생채기가 생겨도 스스로 치유해 간다. 묵묵히 살아가는 모습이 인간에겐 언제나 귀감이다. 산 들머리 기름진 곳의 소나무들은 낙락장송이건만 낭떠러지 바위틈의 소나무들은 모조리 사지가 뒤틀린 채 오만상을 짓고 있다.

가풀막 삶을 요절한 길 위의 소나무가 온몸으로 일러주지 않던가. 경사지가 아닌 좋은 터를 잡아야 하고, 뿌리끼리 스크럼을 짜듯이 더불어 살아야 한다고 말이다.

손전화 끄집어 들고 큰소리 뻥뻥 치는 독불장군 불러내어 뜬금없는 한마디 한다.

"얘야, 팔공산 올레길 큰 소나무 뿌리째 뽑혔다"

－《경북문단》(제35호, 2018)

제비꽃

물찬 제비 깃이 꽃잎 날개로 일어섰던 봄날이었다. 초등학교 하굣길에 개구쟁이 영구와 함께 멀찍이 앞서 가는 순희에 대해 괜한 험담을 주고받았다. 서로 좋아하는 티를 내지 않으려고 마음에 없는 이야기를 보탠 것으로 기억된다.

좌우를 살피면서 방천 둑을 넘는 순희를 목격한 영구가

"순희 가시나 오줌 누러 가제? 놀려먹을래?"

영구가 눈을 희번덕거리며 나의 본심을 확인하려고 했다. 허리를 반쯤 굽혀서 뛰어갈 자세까지 취하면서.

"그래, 좋아."

나도 밀릴 수 없었다.

둘은 헐떡거리며 뛰어가 방천 둑 너머로 고개를 내밀고 놀려댔다.

"얼러리 껄러리"

"얼러리 껄러리"

그러고는 밤나무 숲으로 줄달음을 쳤다.

"오랑캐 새끼, 오랑캐 새끼!"

언제 뛰어왔는지 흘긴 눈에 제비꽃 한 움큼 거머쥔 손으로 '오랑캐 새끼'를 연발하며 내 팔을 사정없이 때렸다. 제비꽃이 다 빠져나간 야무진 손으로 팔뚝이 퍼렇도록 꼬집고 꼬집었다. 영구는 제쳐두고 나에게만 분풀이를 하였다. 혼자 당했지만 억울하지 않았다. 분풀이 당하지 않은 영구가 더 시무룩하였다.

"머리채를 드리운 오랑캐의 뒷머리를 닮아 제비꽃을 오랑캐꽃으로 부른단다."

그날 수업 중에 담임 선생님이 들고 계시던 제비꽃을 떠올렸다.

미처 끄집어 올리지 못한 안쪽의 민망함 때문에 그때부터 순희에게는 언제나 '을'이 되어야만 했다. 소꿉놀이 아내, 초등학교 저학년

18

적 짝이었던 순희. 속으로 좋아하면서도 어깃장을 놓았던 순희에게 꼬집히고 꼬집혀서 퍼렇던 팔뚝이 싱그러운 기억으로 남아있다.

"나 소꿉놀이 할 때부터 너 많이 좋아했데이."
훗날 초등학교 동창생 결혼식에서 만난 순희가 나에게 툭 던진 말이다.
"나도…."
나머지는 눈으로 말했다.

－《달구벌수필》(제15호, 2019)

상동은행나무

　　　　　　　　　　　팔다리의 두 번째 잘림은 엎친 데 겹친 고통이었다. 소음과 매연과 먼지로 귀, 눈, 코, 목의 통증까지 보탰다. 사방으로, 그것도 교대로 미끄러져 가는 차량의 무리 때문에 눈이 팽팽 돌고 정신을 차릴 수도 없었다. 설상가상으로 지하철공사를 한다며 밤낮으로 폭약을 터트려서 노루잠마저 설쳤다.

　사 년여가 지나자 지하철공사가 끝나고 못 살 것만 같았던 이곳에서의 삶도 서서히 익숙해져 갔다. 여생을 저당잡고 살아보자며 무진 애를 썼다. 지금 되돌아보면 깜깜한 죽음의 터널을 지나온 것만 같다.

　마천루들이 중천을 찌를 듯이 키 재기를 하는 도심의 십자 대로에서 새로운 21세기 세상을 살고 있다. 내 생일은 정확하지 않다. 들어

20

온 바로는 조카의 왕위를 뺏고 죽이고, 충신들마저 참살한 그 못된 임금 세조가 죽은 해라고 했다. 보물 2호로 중앙박물관에 누워있는 보신각종이 태어난 그해라고도 했다. 그해가 세조 14년이고 보면 내 나이는 올해로 오백마흔일곱 살인 셈이다.

나를 두고 그냥 노거수老巨樹라고 부르고들 있지만 표석에다 떡하니 새겨놓은 이름은 '상동은행나무'이다. 내가 본시 살았던 상동에선 '내 발밑에 물을 뿌려주는 사람에게는 불끈불끈 힘이 생긴다.'는 전설의 주인공이었다. 그래서 내가 살았던 곳이 은행나무마을이다.

나는 은행나무마을에서 오백여 년을 묵새기고 살았다. 두 손 비비며 기도하는 민초들의 기원에서 켜켜이 밴 소박한 소망도 헤아렸다. 수십 대代를 이어오면서 겨끔내기로 모여들어 나누는 객쩍은 이야기에서, 때론 담뱃대를 바닥 돌에 두드리며 가리려는 시시비비에서 세상사를 읽었다. 구순하게 살아가는 민초들의 애환에서부터 당파싸움에 이골이 난 조정의 난맥상, 게다가 나라의 변고와 전란의 참상들까지 앉은뱅이 용쓰듯 그렇게 마음을 졸이면서였다. 울가망하게 지내온 세월이 그저 아슴아슴하기만 하다.

분단 후 남북당국이 처음으로 자주, 평화, 민족대단결이란 남북공동성명을 발표하여 감성적인 통일론이 비등했던 그해 나에게도 경사가 있었다. 대구시로부터 '지정보호수'라는 품계를 받은 것이다. 어린 학생들이 단체로 찾아왔다. 세워놓은 입간판을 보고서는 고개를 끄덕이며 한 번 더 봐주고 지나갔다. 관심을 받는다는 것이 기분 좋은 일이라는 걸 그때서야 실감하였다.

호사다마好事多魔라고 했던가. 품계를 받고 몇 년이 지나서부터 괴상한 소문이 들렸다. 그건 동서로 넓은 길을 새로 내는데 내가 방해물이요, 걸림돌이라는 것이다. 그때부터 수호신이 아니라 네 탓이라며 눈을 부라리고 손가락질을 해댔다. 대를 이은 긴긴 세월의 연緣을 매몰차게 끊으려는 세상인심에 슬펐다. 사는 게 사는 것이 아니었다. 그나마 뜻을 모아 새로운 삶터를 마련하려는 입소문 때문에 시나브로 부아를 삭이며 억지로라도 마뜩해 하려고 애썼다.

어느 날 포클레인과 불도저가 금속성 굉음을 내며 들이닥쳤고 수십 명의 인부들이 발밑에 달라붙었다. 팔다리가 잘리고 새끼줄, 고무줄에 묶여 처참한 몰골로 인근 정화여자중고등학교의 뜰로 옮겨졌다. 코뚜레를 잡힌 듯 낯선 곳에 끌려와서 잘린 상처를 치유하며 재생의 뿌리를 내리느라 죽을 고생을 하였다. 그래도 어린 소녀들이 보내는 고운 눈길이 위로이자 활력소가 되어 낯선 곳에서의 삶을 익혀가고 있었다.

그런데 비극은 한 번으로 끝나지 않았다. 학교가 도심 밖으로 옮겨지고, 나의 삶터에는 고층 아파트가 들어서게 되었다. 넌더리나는 두 번째 강제 이주를 당하였다. 젖과 꿀이 흐른다는 가나안이 아니라 공해에 잘 버틴다며 내몬 곳이 여기 범어네거리이다.

피동적이고 패배주의적인 유전자의 대물림으로 원초적인 생존수단인 의식주의 해결에 몸과 마음이 묶여있던 그들이 나를 두 번씩이나 내몰았다. 그것도 넓은 도로를 뚫고, 고급 고층아파트를 짓는다면서. 말로만 들어봤던 '한강의 기적'이란 압축성장의 발전상을 여기에 와서야 보았다. '다이내믹 코리아'란 유·무형의 힘을 온몸으로 느낄 수 있었다.

달라진 삶의 체제나 방식들에서 아연실색하였고, 푼더분하고 진번질한 민초들의 행색에 놀랐다. 한일월드컵 거리응원 때는 붉은 악마로 명명한 오만 명이 넘는 응원의 함성에 화석같이 굳은 몸을 사시나무 떨듯 전율하였다. 그것은 내가 오백여 년 만에 처음 본 풍요와 역동적인 힘과 자긍심으로 뭉쳐진 하나의 환시 같은 기적이었다.

본시 오백여 년을 지탱하던 몸체는 죽어 화석처럼 굳었고, 뿌리에서 일어난 새로운 다섯 줄기가 노거수의 면모를 지키고 있다. 나를 바라보면서, 지역민과 애환을 함께한 소중한 문화유산이자 생물자원이란 고정관념보다 신구新舊의 조화, 생生과 사死의 공존이라는 인간의 삶으로의 공명을 더욱 소망해 본다. 영광은 고통 속에 감추어진 보석이란 것을 온몸으로 드러내면서 말이다.

– 한국수필작가회 연간집 《생각의 유희》(2015)

반전反轉

        여남은 평, 한 뙈기 텃밭농사가 일상의 에너지를 샘솟게 한다. 씨앗을 심고, 물을 길어다 주고, 싹이 나는 것을 보면서 설렘을 키워간다. 새 생명이 발아하고, 자라고, 결실을 맺는 텃밭의 경이로움과 쏠쏠한 수확의 재미, 이것이 아내의 한결같은 텃밭 사랑의 변이다. 거름주기, 밭갈이, 파종하기, 정식하기, 솎아주기, 물주기, 김매기, 울타리 돌보기 등 넘치는 일거리도 그저 즐길 거리쯤으로 여긴다.

  아내가 장만한 텃밭이어서 아내가 주인이고 나는 일꾼이다. 일머리 트는 것은 아내 몫이고, 힘쓰는 일이나 심부름은 나의 차지다. 종묘상회에 가서 상추씨를 사 온 것도, 텃밭을 갈아엎어서 두둑을 만든

24

것도, 파종을 한 것까지도 일꾼인 나의 몫이었다. 너무 깊게 묻어서 발아가 늦다는 아내의 지청구까지도.

봄비가 그친 아침 녘, 마음이 부추겨서 찾아간 텃밭에선 상추 새싹들이 부신 눈을 부비며 싱그러운 새 세상으로 얼굴을 치올리고 있다. 흙을 밀어 올리는 소리에 두 귀를 두둑에 걸어본다. 자기보다 수십 배, 아니 수백 배의 무게를 떠밀어 젖히고서 나온 여린 싹들이 그저 놀라울 따름이었다.

뒷날 파릇파릇하게 자란 상추 무더기에서 솎기 작업을 했다. 어린 싹을 솎아 참기름을 넣고 된장찌개에 비벼 먹는 식도락을 떠올리면서. 솎기는 촘촘히 있는 것을 군데군데 뽑아 성기게 하는 것이다. 솎아주어야 먹음직스럽게 자란다. 그냥 내버려두면 먹을 수 없는 상태가 되어 버린다.

같은 환경에서도 어떤 것은 웃자라고 다른 어떤 것은 생육조차 부실하다. 끊어질세라 망가질세라 연한 상추 줄기를 잡고 조심스럽게 솎기를 하려다가 문득 움찔대는 손끝을 느꼈다. 순서가 뒤바뀐 생과 사의 현실 앞에서다. 잘 자란 것은 뽑혀 나가고 시원찮은 것은 남아서 끝까지 살다가 어떤 것은 꽃피워 씨앗까지 품어낸다. 상추 입장에서 나의 손은 그저 생살여탈권을 행사하는 저승사자의 올가미일 뿐이라는 생각에서다.

상추 솎기는 언제나 튼실하게 자란 것부터다. 부실한 것은 뽑아본

들 먹을 것이 없으니 의당 밭에서 가장 잘 자란 것부터 솎는다. 생사의 뒤바뀜이다. 적자생존이 아닌 반적자생존이고, 자연선택이 아닌 반자연선택이다. 적자 입장에서는 인위적 처사가 그저 부당하고 부당할 것이다. 천부당만부당할 것이다. 하지만 인간의 이기심이 작동하는 세상사이고 보면 어디 이것뿐이겠는가.

　친구 S의 이야기를 떠올린다. "인간만사 새옹지마(塞翁之馬)라더니 정말 모를 일이더구나!" 하면서 들려준 그의 직장동료 K의 이야기다. 민간기업에 근무하면서, 내부 경쟁자들은 경영간부나 임원진에 뽑혀 임기를 마치고 회사를 떠났지만, 뽑히지 못해 후배들에게까지 밀리고 치이면서 구박덩이로 남아 있었던 K였다. IMF 때 막차로 승진되었다. '마른 걸레도 짜기' 경영으로 사장에까지 올랐다. 훗날 공기업 사장으로까지 발탁되었다. 자리를 옮겨서도 공기업 고유의 가치경영보다 긴축경영이 자신의 소명이자 앞서는 가치라며 주특기인 '마른 걸레도 짜기'로 명성을 드높였던 인물이다.

　그 K 사장도 끝까지 남아서 이룬 대기만성이었다. 반전의 쾌거였다. 부실한 상추여서 미리 솎기지 않고 남아서 꽃을 피우고 열매까지 맺듯이. 일희일비, 좌고우면하지 않고 자기 경영으로 인고의 꽃을 피우고 열매를 맺었다는 생각 때문에 그의 기억에 밑줄이 그어졌던 모양이다.

상추밭에서 전화를 받는다. 아들보다 더 사랑스런 손자 녀석이다. 지방에서 서울로 가는 유학을 그 녀석은 서울에서 지방으로 유학을 갔다. "많은 동기생들 가운데 공부 잘했던 동기생은 크게 성공을 하지 못했단다."라는 나의 격려에도 "할아버지, 걱정 마세요. 못다 한 공부 대학에서 다 할래요."라며 물 받은 상추처럼 싱그럽게 웃는다. 그렇다. 실패는 곧 기회라고 했다. 반전의 기회는 누구에게나 해당되니까.

잘 자란, 웃자란 상추만 뽑혀 나간다. 붉은 플라스틱 바구니에 그득하게 쌓인다. 뽑히지 않은 비실비실한 상추들이 내일로 가는 푸른 끈은 야무지게 붙들고 있었다.

– 《수필세계》(제57호, 2018. 여름)

산수유꽃

멀찌가니 보이는 산마루가 이정표이다. 솜털구름이 하늘과 땅의 경계에서 모였다 흩어지고, 흩어졌다간 다시 모인다. 실개울을 녹인 봄볕이 동산 꿀참나무 우듬지에 닿아 연둣빛으로 문드러지고, 꽃망울 오물거리는 산수유 나뭇가지 사이에서 수런거리는 소소리바람의 당도에 뭉그적거리던 겨울의 꼬리가 바쁘다.

잎 피우다 힘 부치면 꽃피울 수 없을까 봐 죽을힘 다해 꽃부터 피우는 나무들. 역리에 생존을 건 나무의 사투다. 잎 피우고 꽃피우는 자연의 순리를 뒤집었다.

새 노랑 산수유꽃을 만나면 멈춘 걸음으로 실루엣으로 찾아드는 친구를 만난다. 죽는 날 받아놓고 함께 성당을 가면서 그가 건넨 말이다.

"산수유 너는 좋겠다. 너는 좋겠다. 죽은 듯 겨울 지나고 또 이렇게 살아 꽃피우다니."

그가 떠난 지 어언간 십년이 넘었건만 산수유가 노랗게 꽃을 피울 때마다 어김없이 되살아난다.

그는 고등학교 동기에다 앞뒷집을 번갈아 가며 스무 해를 이웃해서 살았던 친구다. "술 좋아하는 나쁜 놈 없다."는 그에게는 유별나게 술친구가 많았다. 그의 밥자리는 의레 술 차지였다. 술병이 그냥 지나치지 않았다. 쳐들어와서는 진을 쳤다. 녹아웃 되었다. 3개월 '시한부 목숨' 진단을 받았다. 더 아프면 움직이기 어려울까 봐 곧바로 술꾼들을 초청하여 '최후의 오찬'을 가졌던 친구다. 술친구가 아니라 가해자들이다. 가해자들에게 술을 권하며 목울음을 꾹꾹 참아내던 그가 주선처럼 보였다.

죽음을 눈앞에 둔 그가 나에게 두서없이 몇 가지 부탁을 하였다.

"집사람 평생소원인데 이제라도 성당에서 세례를 받고서 떠나고 싶다. 빠른 세례를 주선해 주게나.", "먼저 가는 나를 친구가 손을 잡고 지켜봐 주련 널 무서울 것 같다.", "어머니 돌아가시고 염습을 하는데 너무 꽁꽁 묶는 것을 보니 죽어서도 또 숨이 막힐 것 같더라. 나도 그렇게 꽁꽁 묶인다고 생각하니 너무 슬프다. 친구가 책임지고 제발 헐렁하게 묶어다오.", "친구가 성당 총회장인 것, 장례를 주관하는 위령회장 출신인 것이 내겐 큰 복이다. 다 들어줄 거라 믿어도 되지.”

“그래그래 걱정 말거라”라는 말밖에 다른 말을 떠올릴 수 없었다.

정리를 하자니 첫 번째는 성당에서 세례를 받도록 주선해 달라는 것이고, 다음으로는 임종을 지켜달라는 것이고, 마지막으로 염습 때 헐렁하게 묶어달라는 것이었다. 모두가 노력하면 가능한 것이지만 임종을 지킨다는 것만은 어쩌면 불가능할 수도 있겠다 싶어서 수시 연락선상에 있으려고 애를 썼다.

뒷날 듣자 하니 환자가 미리 가족들에게 일러두었다고 했다. 여차하면 뒷집 친구 불러오라고. 그래서 긴급 호출을 받을 수 있었다. 한걸음에 달려갔다. 한 손은 사랑하는 그의 아내가, 다른 한 손은 내가 잡은 채 임종을 지켰다. 친구의 임종을 지켜보는 것은 처음이었다. 역지사지여서 울음을 참느라 힘들었다. 편안히 떠나보냈다. 세례 교인의 자격으로 성당의 장례미사에다 가톨릭 장의예절이 이어졌다. 염습 때 느슨한 매듭을 당기면서 “친구야, 이만하면 됐지!” 귀에 대고 속삭여주었다. 그렇게 해서 모든 약속을 지켰다. 그런 친구 사이이고 보니 떠나보내고도 좀체 잊히지 않는 모양이다.

그가 부러움을 토했던 큰길 횡단보도 중앙화단의 그 산수유나무가 또 꽃을 피우고 있다. 걸음을 멈추고 물끄러미 서서 그의 말을 되뇌어본다. “산수유 너는 좋겠다. 너는 좋겠다. 죽은 듯 겨울 지나고 또 이렇게 살아 꽃피우다니”라고. 그러면서 그 친구와의 추억에 젖어 든다. 그때다. 불현듯 "이것들이 꽃이지. 꽃이고말고. 이것들이 잘 열매 맺도록 거름을 주는 거지"라고 하셨던 할아버지 말씀이 떠올랐다. 어릴 적 마당에서 시끄럽게 뛰어놀던 큰집 작은집 손자 녀석들을 보고 하신 말씀이다. 그렇구나. 사랑나무에 사랑송이가 피어나고 열매를 맺고, 또 피어나고 열매를 맺는 것이라고.

횡단보도를 건너니 마침 그 친구의 부인이 손자 손녀의 손을 잡고 유치원 버스를 기다리고 있다. 키 높이를 낮춘 채 그 아이들과 눈 맞춤을 하면서 터진 감탄사

"상건이나무 꽃, 얼마나 예쁜 꽃인가!"

그의 아내도 금방 알아듣는다.

"눈에 넣어도 안 아플 꽃이지요."

집으로 드는 길에 서울의 나의 사랑나무들, 사랑송이들 생각에 빠져들다가 뒤돌아서서 연노랑 꽃을 피우고 있는 산수유나무를 건너다본다. 꽃피우는 것도 '선택'이라는 불혹을 넘긴 조카들이 마음자리에 걸려서인가.

앞바람 따라 앞산을 넘어오던 구름도 봄꽃을 만난 건지 산허리를 서성거리고 있다.

－《수필세계》(제60호, 2019.봄)

소용돌이[旋渦]

이른 장마가 걷히자마자 나의 발길은 텃밭이 먼저였다. 토사로 막힌 물길을 틔우고, 무너진 두둑을 손보고, 밭고랑에 고인 빗물을 빼야만 해서였다.

뛰다시피 간 텃밭은 고추, 참깨, 상치, 토마토의 물오른 환호성으로 가득하다. 맑은 새소리가 귓전을 흔들고, 날개 편 나비 두 마리가 갈지之자 춤사위다. 물먹은 이랑은 부드러운 속내를 드러내고 무엇이든 받아줄 태세다.

웃자란 상추 무더기에 내방객이 앉아있다. 달팽이다. 몇 군데 잎사귀에 구멍이 난 것으로 봐 한 입 아침 요기를 한 모양이다. 자기보다 몇 배나 큰 껍데기를 짊어지고 두 뿔을 하늘로 뻗쳐 세상을 더듬고 있다.

보잘것없이 작고, 어떤 벌레보다도 느리고, 툭 건드리면 홀라당 뒤집어질 것만 같은 불안한 몸으로 어떻게 산자락 텃밭까지 왔는가. 날카로운 이빨, 나는 날개, 건강한 다리, 방어용 독침 등 어느 하나도 갖추지 못한 연체 달팽이가 애잔하게 보인다. 백거이의 '와우각상쟁하사蝸牛角上爭何事' 칠언시 구절이 떠올라 두 뿔을 찬찬히 살핀다.

짊어지고 있는 껍데기가 자꾸만 눈에 밟힌다. 반투명 얇은 석회질 껍데기다. 껍데기는 짐이 아니라 피신처요, 안식처다. 소용돌이가 나선형 모양의 오른돌이다. 나선형은 피보나치수열이다. 자연의 구조에서 자주 발견되는 피보나치수열은 이전 수의 합이 다음 수가 되는 1, 1, 2, 3, 5, 8, 13, 21, 34……로 이루어진 수열이다. 꽃잎의 배열, 해바라기꽃씨의 배열, 솔방울의 구조, 파인애플의 구조와 같이 자연계에서 흔히 발견되는 제한구역 최적 배치 방법이다.

달팽이는 겹겹의 정밀한 구조의 소용돌이로 집을 만들기 위해 각고의 노력을 한다. 소용돌이 한 번을 더하게 되면 피보나치수열대로 껍질의 규모와 무게가 엄청나게 증가해버린다. 달팽이의 껍질은 안식처이자 피난처가 아닌 자유를 제한하는 짐이나 부담이 된다. 달팽이의 삶은 껍질 소용돌이의 크기 때문에 파탄을 맞을 것이다.

우리가 살아가는 집도 그럴 것이다. 관리능력의 한계를 벗어난 집은 소용돌이를 키운 달팽이의 껍질처럼 안식처가 아니다. 삶을 구속으로 몰아넣는다. 필시 객반위주가 될 것이다. 어디 개개인의 집만 그렇겠는가. 나랏일도 마찬가지일 것이다. 과다한 투자, 고용, 복지 등 나라 집의 소용돌이를 마구 키우는 일은 나라를 꼼짝달싹 못 하게 하여 나락으로 떨어지게 할 것이다.

달팽이가 소용돌이의 크기를 결정하듯 정밀한 진단과 시스템적 분석으로 그 크기를 결정하는 것만이 불행을 막는 외길일 것이다. 그것은 소용돌이의 피보나치수열이 자연의 법칙이기 때문일 터이다.

달팽이의 속도를 삼키는 건 등의 껍질이다. 장맛비 흠씬 두들겨 맞은 껍데기가 텃밭을 기어간다. 뼈를 깎는 소용돌이 만들기, 언제나 현재진행형이다.

–《대구가톨릭문학》(제29호, 2019)

사랑의 가늠자

언젠가부터 산엘 들어가면 습관적으로 두리번두리번 살피는 것이 하나 있다. 그건 버섯이다. 아마도 「나는 자연인이다」라는 종편 TV 교양프로그램을 즐겨 보면서부터일 듯싶다. 각종 버섯과 약초 채취가 자연인의 일상이어서이다. 버섯을 말하자면, 약용과 보양식으로 소개되는 능이, 영지, 표고, 송이, 싸리, 노루궁뎅이, 동충하초 등등 그 다양한 종류만큼이나 약리효과도 다양하다. 그 버섯 성가 때문에 독버섯을 먹는 인명사고가 좀체 끊이질 않는다. 그 많은 것들을 꿰뚫고, 시용버섯과 독버섯을 식별하는 '자연인'들의 능력과 안목에 감탄사를 발하곤 한다.

독초로부터 무고한 생명을 구하고자 입이 부르트고 혀가 마비되도록 몸소 독초 반응시험을 하였던 황제가 있었다. 고대 중국의 신농 神農 황제이다. 인류의 역사 안에 독초나 독버섯으로 인한 민초들의 참상이 어떠했는지 짐작하고도 남음이 있다. 먹을 수 있는 것과 먹을 수 없는 것의 분별, 나아가 건강에 좋은 것과 병의 치료에 효험이 있는 것의 삶으로의 적용은 먹어봄으로써 축적된 생존의 지식이자 지혜였던 셈이다.

통계에 따르면 우리나라에는 산의 토양과 산림 수종에 따라 1,680여 종의 버섯이 자생하고 있으며, 대체로 10% 정도가 독버섯이다. 식용버섯과 독버섯은 사전 지식이 없으면 헷갈리기 십상이다. 그 예로 싸리버섯 가운데 노랑싸리버섯, 송이 가운데 담갈색송이, 느타리버섯과 비슷한 화경버섯, 갈색먹물버섯과 비슷한 두엄먹물버섯, 큰갓버섯과 비슷한 갈색고리갓버섯은 모두 독버섯이기 때문이다.

전문가적인 판별이 아닌 범부의 육안으로 식별하자면, 식용버섯은 색깔이 화려하지 않고 원색이 아니다. 하지만 독버섯은 색깔이 화려하고 원색이고 진한 색이다. 한 단계 나아가 물리적으로 식별하자면 식용버섯은 대개 세로로 찢어지지만 독버섯은 세로로 찢어지지 않고 끈적끈적하다. 더 나아가 오늘 날의 선진화된 생화학적 연구나 분석에 의하면 식용버섯과 독버섯의 물질구성은 단지 1% 성분 차이로 구분된다. 그것은 미네랄이다. 그 미네랄 특성에 따라 독버섯이 되기도 하고, 효험이 있는 약이 되기도 한다.

식용버섯과 독버섯 간의 단지 1% 성분의 차이, 99:1이 인간세상의 사랑과 미움의 비율과 같다고 여겨짐은 왜일까. 사랑은 99%짜리여도 불완전하지만 미움은 1%짜리라도 완벽하다는 불편한 진실 때문일 듯싶다. 미움은 사랑받고 싶은 사람으로부터 사랑을 받지 못함으로써 일어나는 발로요, 절대적으로 사랑받기 위해서 행하는 행동에서 분출된다. 그러고 보면, 사랑과 미움은 같은 뿌리다. 반대말이라기보다 동의어에 더 가깝지 않은가. 사랑하지 않으면 미움도 있을 수 없기 때문이다. 사랑과 미움 사이에는 한 덩어리 애증이 있어서 사랑 쪽으로 기울거나 미움 쪽으로 기운다는 믿음이다. 사랑 쪽으로 99% 기울어도 그 사랑은 불완전하지만, 미움 쪽으로 1%라도 기울어지면 그 미움은 완벽하리라는 특이한 기울기 말이다. 그래서 '사랑의 반의어는 무관심이다.'라는 말이 더욱 마음에 와 닿는다.

불완전한 99% 완벽한 1%, 이것이야말로 미완성의 완성이라는 사랑의 노정에 인간들에게 일러주는 사랑의 가늠자가 아니겠는가, 라는 생각이다.

– 2016년 6월

등 굽은 소나무

도심에 새로 들어선 고층아파트 단지를 지나다가 아파트 정원으로 하산한 등 굽은 소나무와 마주하였다. "등 굽은 소나무가 선산을 지킨다."는 속담을 뒤집어버린 소나무 사회의 신분 변화를 그 등 굽은 소나무는 뽐내기라도 하듯 서 있었다.

곧게 자란 소나무는 일찌감치 베어져서 저마다 기둥으로 서고 대들보로 누웠건만 아무짝에도 쓸모가 없었던 등 굽은 소나무는 어느 누구도 거들떠보지 않아 늙을 수 있었다. 그저 자손들 위해 선산을 지키고 새들 쉼터로, 다람쥐 놀이터로 내주면서 바람의 날개로 몸을 뒤틀며 묵새겨왔을 것이다. 그래서 등 굽은 소나무에게서 효심마저 구하는 속담까지 이어졌던 모양이다.

"세상에!……."

이는 얼마 전에 "굽은 소나무가 곧은 소나무보다 수십 배 더 비싸다"는 조경사의 말을 듣고 쏟아낸 감탄사다. 임자를 만나기만 하면 정해진 금이 없다고도 하였다. '임자를 만나기만 하면'이란 말은 객관적인 가격이 아닌 주관적인 가치라는 의미가 아닌가.

등 굽은 소나무야말로 굽은 등을 뒤틀며 인고의 세월을 살아오다가 새 세상을 만난 격이다. 산에서 내려와 새로운 임지에서 내로라 뽐내면서 살아갈 수 있게 되었다. 얼마나 많은 사람들을 행복하게 해 줄 것인가. 그리고 보면, 아무짝에도 쓸모가 없다며 거들떠보지 않았던 인간들로부터 느닷없이 칙사 대접을 받는다는 것이 그들 소나무 입장에서도 '세상에!……' 할 경천동지의 대 변혁임이 틀림없으리라.

세상의 짐을 지는 이들은 곧은 소나무와 같은 잘난 이들이 아니라, 등 굽은 소나무같이 봉사와 헌신의 삶을 살아가는 보통 사람들이라는 생각의 비약은 왜일까? 고난의 삶을 살아가는 보통 사람들이 주인이 되는 그런 세상을 등 굽은 소나무에서 보아서인가보다.

새들의 쉼터, 다람쥐의 놀이터를 뺏어온 사람들은 새들처럼 다람쥐처럼 등 굽은 소나무 속으로 들락거리며 즐기려는가보다.

- 《현대수필》(제99호, 2016. 가을)

사량思量

              금오산 산정에 오른 일곱 명의 회원들이 감회와 희열에 쌓여 두둥실 어깨춤을 추었다. 이순 체력으로 벼랑 길을 타고, 칠순 근력으로 오르막을 올라 이룩한 700회 쾌거였다.

    산을 오르면서부터 정상에서 구미 시가지와 시가지를 관통하는 낙동강을 내려다보면서까지 문득문득 떠오르는 생각이 있었다. '과연 13년 7개월 동안 큰 사고 없이 대기록을 세운 것이 회원들의 노력만으로 가능했을까?'라는. 그러면서 필시 신령님의 가피가 이룬 기록일 것이라는 겸손을 모은다. 준비했던 정상주로 긴급히 제단을 꾸며 몸과 입과 생각을 바친다는 삼배를 올린다. 그리고 다음 목표 2022년 7월 1,000차에 점을 찍고 "비가 오나 눈이 오나 오른다."는 구호를 우렁차게 합창하였다.

　등산 모임의 출발은 은퇴한 직장동료 셋이서 등산을 시작하면서
부터다. 이 작은 출발이 뒤이어 은퇴한 동료들의 합세로 화요산우회
가 출범하는 못자리가 되었다. 동아리 캐치프레이즈를 '비가 오나 눈
이 오나 오른다!'로 정하고 오랜 기간을 거르지 않고 묵묵히 오른 결
과가 대기록의 현주소다.

　전국은 말할 것도 없이 대구광역시만 하더라도 얼마나 많은 등산
동아리가 명멸하였겠는가. SNS에 소개한 700회 기록사진에 대한
이어지는 찬탄과 일간지 신문의 동아리 소개 특집기사에 대해 반색
하는 주변의 반응으로 지금까지 접해보지 않았던 기록이라는 것을

실감하게 되었다. 그 많은 동아리 가운데 정해진 요일에 주간마다 산행을 하는 동아리가 많지 않은 데다가 강우량과 적설량에 따른 등산코스를 따로 정해놓고 14년 가까이 흐트러짐 없이 산행을 해온 사실이 신선한 뉴스거리가 되는 모양이다.

산을 좋아하는 사람치고 건강하지 않은 사람이 드물다. 그래서 산은 건강으로 드는 통로로 통한다. 인간은 몸과 마음과 정신과 영혼의 힘이 서로 복잡하게 관계를 맺고 있는 유기체다. 이러한 유기체의 이 네 가지 측면이 정상적으로 작동하고, 서로 적절한 관계와 균형을 유지하는 것이 무엇보다 중요하다. 그렇다. 사람이 건강하다는 것은 신체적 건강만을 의미하지 않는다. 신체적 건강은 말할 것도 없이 마음이 건강하고, 정신이 건강하고, 게다가 영혼까지 건강할 때 온전히 건강하다고 할 것이다.

경쟁이 승과 패, 득과 실을 가르는 일상의 삶 가운데 마음과 정신과 영혼의 건강을 지키는 것이 무척 어려울 것이다. 등산은 육체적 건강과 심리적 건강은 말할 것도 없고, 정신적 건강에다가 영혼의 건강에도 크나큰 효험이 있는 것으로 거증되고 있다. 인생길의 축소판이라고 할 수 있는 등산길에서 극기와 성취감을 몸소 체험하고, 삶의 지혜를 터득하고, 관계의 겸손을 배운다고 생각하면 등산이야말로 가히 인생의 선생님이라고 할만하다.

일반적으로 직장에서 은퇴를 하면 정도의 차이는 있을지라도 세 가지 증후군에 시달린다. 조직 이탈에서 오는 소외로 고독감을 느끼는 것이 하나이고, 역할 상실에서 오는 무력감으로 사기를 잃는 것이 다른 하나이며, 규칙적인 생활에서 제외되면서 무질서에 빠지는 것이 또 다른 하나이다. 이러한 은퇴 증후군 현상에서 벗어나려는 욕구를 상당 부분 충족시켜줄 수 있는 것이 동아리 활동이며, 그 활동이 등산임은 너무나 자연스럽다고 믿는다.

나는 우리 등산 모임의 700회라는 대기록을 원론적인 등산의 기능이나 효험에서 찾기보다 그 바탕이 된 결정적인 두 가지 요인을 꼽고 싶다. 하나는 원거리 경산, 구미에서 대구까지 빠지지 않고 참여할 정도의 회원들의 강한 참여 욕구이고, 다른 하나는 회원들의 넓은 사량思量이다.

사람은 본시 더불어 살아가는 존재여서 관계의 삶을 살아간다. 자기의 이야기를 들어주는 이가 있어야 하고, 자기를 이해해주는 이가 있어야 한다. 은퇴를 하고 나이를 보탤수록 자기의 이야기를 들어주고, 자기를 이해해줄 친구가 막급하고 절실하다. 친구와 주거니 받거니 하는 산행방담과 어울림 대화야말로 자신을 세상의 중심에 있게 하는 버팀목이요 활력소이다. 이러한 가운데 상내의 소중함을 체감하게 되고, 상대에 대한 배려를 학습하게 된다. 이것이 사량이다. 사량은 바로 헤아림이다. 속 깊은 배려다. 그것은 이해와 공감 위에 싹터서 상대를 편안하고 익숙하게 하고, 주변을 따뜻하고 부드럽게 한다. 사량이 넓은 사람은 자신의 이익과 편의를 위해 상대를 부담스럽게 하거나 구속하지 않으며, 오히려 상대의 형편을 살핀다. 결국 회원들의 강한 참여 욕구는 사량이라는 순기능으로 확대재생산되고 있어서이다. 두 가지 결정적 요인은 결국 사량으로 귀결되는 셈이다.

산에 들면 어머니 품에 안겨 있는 것처럼 편안하다. 산에서 벗들과 우의를 다지고, 등정의 희열을 맛보고, 삶의 에너지를 충전한다. 충전된 에너지는 삶의 활력을 도모하는 싱그러운 '긍정의 힘'으로 순환한다. 이 어찌 산으로의 발걸음을 멈출 수 있으랴.

사량이 넓은 벗들과 함께 산을 오른다는 그 자체만으로도 크나큰 기쁨이다. 화요일을 기다리는 설렘, 그것이 마냥 좋다.

– 한전전우회 월간《전우회보》(2016.10)

조망眺望

           팔공산을 오른다. 천황봉에 이르는 7
부 능선에서 숨을 고른다. 산 아래를 내려다본다. 아득하다. 장관이
다. 조망이야말로 등산의 특권이자 별미다.

  팔공산 7부 능선에서 100세 산꼭대기에 오르는 인생 7부 능선을
조망해본다. 유년기에는 아예 산 자체를 몰랐고, 청소년기에는 산 밑
에 있어서 주변밖에 볼 수 없었으며, 중년기에는 산허리에서 비교적
넓게 볼 수 있었다. 이제 노년기 7부 능선에 이르니 대체로 모든 것이
훤히 보인다.

  세상이 아무리 어지러워도, 삶이 아무리 힘들어도 세월은 어김없
이 그대로 간다. 세월 따라 공평하게 나이를 먹는다. 같은 나이를 먹
어도 청소년기가 다르고, 중년기가 다르다. 노년기는 더욱 다르다.

노년기의 한 살은 한 살 이상의 의미가 있다. 점점 가까이 다가오는 마지막 시간에 대한 의미의 깊이 때문이 아니겠는가.

젊음 못지않게 늙음의 유익도 만만찮다. 무한경쟁의 스트레스에서, 짓누르는 책임과 의무에서, 옥죄는 압박감에서, 얽매인 부자유에서 풀려난다. 인생의 황금기를 맞는다. 100세를 앞둔 철학자 김형석 교수는 65세에서 75세까지를, 세계보건기구기는 70대를 인생의 황금기라고 이름 매겼다. 그러고 보면 '노년기'라는 것도 어쩌면 숙명으로 맞이하는 것이 아닌 받들어 반겨야 할 것일 듯싶다.

태어나서 취직할 때까지 준비 기간이 30년이고, 현업에서 왕성하게 일하는 기간이 30년이다. 나머지 30년을 은퇴 후 인생으로 꼽는다. 나머지 30년을 시간으로 환산하면 262,800시간이다. 얼마나 많은 시간인가. 인생의 성패는 결국 '앙코르 인생'이라고 하는 은퇴 후의 시간이 결정짓게끔 되어있다.

돈을 벌기 위해 치고받고, 더 높이 오르려고 상대를 밟고, 더 잘 보이려고 아첨아부를 했던 경쟁의 질곡에서 벗어나는 일이야말로 완전한 행복과 자유로의 길이라 믿는다. 은퇴 후를 맞는 누구에게나 '시키는 일에서 하고 싶은 일로', '돈벌이 일거리에서 즐길 일거리로'야말로 바람직한 전환이자 노년 행복의 키워드이리라.

행복은 산의 정상에 도달하는 것도, 산 주위를 돌아다니는 것도 아닌 산의 정상을 향해 올라가는 과정이기 때문이다.　　－2017년 9월

2
잡초를 잡다

오늘날의 우리 사회가 돈과 권력이 지상 행복의 열쇠라고 부추기고, 발전된 제도와 문명의 이기들이 우리의 삶 안에서 행복은커녕 오히려 불안을 키워가고 있는 것이 아닐까, 라는 의문은 왜일까? 살아가면 살아갈수록 욕망의 전이에 따라 거기에 불안도 따라서 전이되면서 이어지는 불안의 고리가 점점 증폭되어간다고 여겨지기 때문이다. ─「걱정을 걱정하다」에서

잡초를 잡다

지난가을, 나란히 텃밭 농사를 짓던 아내의 지인으로부터 텃밭을 넘겨받았다. 열 평 정도 텃밭에 그보다 더 큰 텃밭을 보탰다. 그것도 무상으로. 아내의 기대는 겨우내 풍선처럼 부풀었다. 정작 지인은 힘들어서 포기한 텃밭이건만 온통 제 세상을 만난 듯했다.

텃밭 농사가 시작되면서 계비鷄肥로 토질을 돋우고, 땅을 뒤집고, 이랑을 만들고, 파종을 하고, 물을 주고, 잡초를 뽑았다. 이렇게 일거리가 끊이질 않으면서 텃밭도 취미의 규모를 넘어서면 힘겨운 노동이라는 것을 절감하게 되었다. 하지만 아내는 하루가 다르게 자라는 작물에게서 보람을 느끼고, 소출의 기대를 키워가고, 이웃과 나누는 쏠쏠한 재미가 힘듦을 보상받고도 넘치는 남음이 있다며 요지부동이었다.

　장마가 걷힌 텃밭에 잡초가 우후죽순처럼 일어났다. 어디서 날아왔는지, 어떻게 숨어 지냈는지 놀랍다. 쑥, 망초, 쇠뜨기, 쇠비름, 명아주, 바랭이 등 종류도 다양하다. 어떤 것은 하늘을 차지하려 들고, 어떤 것은 땅뺏기에 나섰다. 저마다 터를 잡고 일가를 이룰 의지를 불태우고 있다. 다양한 종류의 잡초와 토양에 은거하는 수많은 씨들, 그리고 그 많은 씨가 수십 년 간 흙 속에서 생존한다는 사실 등은 한해살이 작물에겐 숙명적으로 버거운 삶이다.

　인류가 수렵시대를 거쳐 농경시대에 접어들면서 곡식이 되는 식물과 그렇지 못한 식물의 구별이 필요했을 것이다. 곡식이 되는 식물을 따로 재배하기 시작하면서부터, 저희들이 살겠다고 쳐들어오는 잡초와의 싸움은 불가피하였으리라. 논밭이야말로 잡초에겐 바로 젖과 꿀이 흐르는 땅이다. 물·햇빛·영양소를 차지하려는 잡초의 공격과 작물의 수비는 영원한 현재진행형이다. 인간에겐 곡식 생산에 지장을 주는 불필요한 식물을 논밭에서 제거해야만 하는 생존의 싸움이다. '가꾸지 않아도 저절로 나서 자라는 여러 가지 풀'이라는 '잡초'의 뜻풀이엔 그래서 '불필요하다'는 의미가 내포되어 있는 모양이나.

　잡초를 잡으면서 잡초를 생각한다. 한 번 잡초는 영원한 잡초일까. 아니다. 뽑혀나갔던 어떤 잡초들은 처음과 달리 예상하지 못했던 가치가 훗날 밝혀져서 잡초의 신분을 벗고 따로 재배를 받는 신분상승을 하였다. 이와는 반대로 재배식물이 다른 기후나 토양에서 잘 자라지 못해서 잡초의 신분으로 전락하기도 하였다. 이처럼 잡초라는 범주는 언제라도 뒤바뀔 수 있는 상대적인 개념이다. '엄밀한 의미에서 잡초는 없습니다. 밀밭에 벼가 나면 잡초고, 보리밭에 밀이 나면 또한 잡초입니다. 상황에 따라 잡초가 되는 것이지요. 산삼도 원래 잡초였을 겁니다.'라는 어떤 이의 비유가 마음에 와 닿는다.

텃밭 너머 산비탈엔 잡초라고 불리는 야생화들이 앙증맞은 꽃을 피워냈다. 생명의 희열을 구가하고 있다. 잡초라고 불리는 꽃들이 하나하나 저처럼 아름답다. 저 꽃의 아름다움에도 등급이 있고 귀천이 있는가. '내가 그의 이름을 불러주었을 때/그는 나에게로 와서/꽃이 되었다.'는 김춘수 시인의 「꽃」 시구처럼 정작 불러주고자 한다면 이름 없는 풀꽃이 어디 있으랴. 꽃이 되어주는 이름이건만 너도 나도 무관심하다. 식물과의 이해관계에서 발동하는 거리감, 바로 뭉뚱그려서 잡초라고 말하는 인간의 이기심 때문일 듯싶다.

잡초라는 말이 없었던 인디언들의 의식세계를 떠올리게 한다. 모든 동물과 식물은 고유한 자신만의 영혼이 있다. 각기 존재의 이유가 있는 생명이다. 모두 우리의 친구다. 이러한 인디언들에게 잡초는 식용이자 약용인 고마운 존재였을 뿐이다.

잡초를 대하는 우리의 의식수준은 과연 어느 정도일까. 불필요하고, 돈이 되지 않는 것, 이것이 일반적 가치기준이다. 본시 그들의 땅이었건만 일방적으로 선을 그어 구획을 정해놓고 유·무익을 따진다. 농작물과 땅뺏기를 하는 잡초는 기계적, 화학적, 생물학적 방제 방법으로 제거해야 할 대상으로만 여긴다. 그래서인가 두둑에 검정 비닐막을 펼쳐 풀씨가 자리 잡지 못하게 한 농심이 도두보인다.

인디언들의 믿음처럼 잡초도 그 나름의 존재적 역할을 하고 있을 것이건만, 우리들에게 마땅한 대우를 받지 못하고 있다. 명망이 있는 사람들을 예우하고, 제 구실을 다 하는 사람들을 대우하는 것처럼, 식물계에 대한 대우도 빼닮았다.

우리가 경계 침범을 이유로 '죽이는 연구'를 해오는 동안 서구 선진국에선 식물 종의 보존을 위해 '살리는 연구'를 해왔다. 환경파괴와 기후변화로 이미 세계적으로 2만여 종이 멸종 위기에 있다고 한다. 이처럼 많은 식물 종의 멸종 위기는 자원전쟁으로 이어질 것이 명약관화明若觀火하다. 앞으로 우리 잡초의 대우도 달라져야만 할 판이다. 농작물과 잡초와의 상생의 길은 정녕 없는 것일까.

잡초를 뽑으면서 잡초를 응원하는 마음이다. 몸 따로 마음 따로.

－《한글문학》(제20호, 2020. 가을)

바보! 브라보!

"바보! 브라보!"

건배사가 문학행사장을 뒤흔들었다. '바라볼수록 보고 싶은 사람'
의 축약어라는 좌장의 설명이 본디 '바보'의 뜻을 오히려 훼손하고 있
다고 여겨졌다. '바보!'라는 구호 그 자체가 마음에 와 닿았기 때문이
다. 합창은 마치 때가 묻지 않은 인간 본래의 모습으로 되돌아가자는
함성처럼 들렸다.

'바보'는 선천적, 후천적인 장애요인으로 인하여 자신의 일을 처리
하는 것과 사회생활에 적응하는 것이 상당히 곤란한 이들을 낮잡아
이르는 말이다. 그래서 '바보'라는 말에는 어리석고 못나게 구는 드
러남과 얕잡거나 비난하는 드러냄이 함께 내포되어 있다.

바보는 정상적인 판단능력이 뒤떨어져 어수룩하고, 행동 패턴이 단순하게 보인다. 그래서 삶 안에서는 실제로 당사자의 지능지수와 무관하게 어리석고 멍청한 사람을 지칭하는 비속어로 곧잘 사용되었다. 이렇게 시간이 흐르면서 비속어로서의 본래 의미는 상당히 퇴색되었고, 도리어 어떤 인물의 선량하고 우직함을 대변하는, 어떤 인물에 대한 친애를 표현하는 부드럽고 정감이 넘치는 대치어로 자리를 잡아가고 있다. 김수환 추기경의 '바보 자화상', 운보 김기창 화백의 '바보산수'에서 볼 수 있듯이 '바보' 특유의 어휘로서의 맛과 멋을 낸다.

바보들, 그들은 어찌하여 매양 바보같이 보였단 말인가. 어리숙한 외모 때문일까. 영악하지 못해서일까. 계산능력이 부족해서일까. 아닐 것이다. 손해 보는 것과 관계없이 순수한 마음의 인도에 따랐기 때문일 것이다. 이해의 잣대나 타산의 저울을 사용하지 않는 그들의 언행은 어디에서도 만나기 쉽지 않은 순수함이다.

바보는 혼자 속울음을 울지언정 화를 내지 않는다. 마음의 인도에 따라 행동하기에 긴장하지도 않는다. 악한 마음을 품지 않기에 다른 이들에게 상처를 주지도 않는다. 바보는 '순수'와 '진실'이라는 특유의 처방을 통해 상대방에게 평화와 위로와 치유의 공덕을 쌓는 사람이다.

이익과 손실의 무게를 저울질해대는 영악돌이의 세상에선 바보들의 설 곳이 점점 좁아지고, 좁은 그 자리마저도 불안하기가 그지없다. 무한경쟁으로 내몰리는 우리들의 삶 안에서 이처럼 바보스런 선택과 결정은 그것이 신앙에 있든, 신념에 있든 해방자적인 자유로움이 없이는 불가능하다고 여겨지는 확신은 무엇 때문일까? 힘에서는 언제나 상대에게 밀려야 하고, 취함에서는 무엇이든 상대에게 내놓아야 하고, 평가에서는 어떤 경우에도 줄 밖에 서야 하기 때문이다.

너무나 타산적이고 논리적인 우리네의 삶의 방식은 마주하는 상대를 긴장하게, 부담되게, 피곤하게 한다. 그러하기에 '바보! 브라보!' 하며 바보 쪽으로 다가감은 목마른 삶의 청량제임이 분명하다. 탱탱함에서 소프트함으로, 뾰족함에서 평편함으로, 영악돌이가 순둥이로 다가간다는 의미이기 때문이다.

'바보'는 '순수'의 또 다른 말인데도 세상은 마냥 모르쇠이다.

- 2.28민주화운동기념사업회 《자유마당》(2018.6)

경쟁과 우정

　　　　　　　　시간을 거슬러 뒤돌아보면 불편한 속
내를 참아내면서 억지 미소를 지어 보인 적이 더러 있다.

어려서는 나 혼자 애간장을 태우던 여자아이와 짝이 됐다고 으스
대는 친구 앞에서, 나의 성적을 앞질러 우등상을 탄 반 친구 앞에서
그랬다. 성인이 돼서는 직장에서 보직 이동이나 승진에서 밀리고도
승자인 경쟁자에게 축하 인사를 건넬 때였다.

자질과 능력을 재는 잣대를 만들어 놓고, 선의의 경쟁이란 흔들리
지 않는 명분으로 얽어매어 놓았지만, 경쟁자인 친구에 대한 마음은
국면에 따라 호好, 불호不好의 심사가 뒤집기를 해댔다. 나의 특장은
상대에게 열등감이 되고, 상대의 뛰어남은 나에게 견디기 힘든 굴욕
감을 안겨주었기 때문이다.

"친구야! 너는 붙고 나는 떨어져서 너 만나기가 싫었다. 못나서 미안하다."

"축하 인사를 할 마음이 생기지 않더라."

앞의 것은 직장의 간부임용고시에 떨어진 한 친구의 변명이었고, 뒤의 것은 승진심사에서 탈락했던 어느 친구의 고백적 실토였다. 그 것도 그들의 합격 축하의 자리와 승진 축하의 자리에서였으니 진정 성에 할인의 여지를 남긴 셈이다. 친구가 간부임용고시에 합격하고, 어려운 승진심사에서 경영간부로 승진한 것을 어찌 모른 체하고 지낼 수 있는지 당사자로서 내심 서운했다.

친구가 뭔가. 친구 따라 강남 간다는 그 친구다. 부모 팔아 친구 산다는 그 친구다. 경쟁력으로 품을 매기는 오늘 날엔 친구의 존재감도, 중요도도 바뀌었단 말인가. 원론적으로 진정한 우정이라면 친구의 기쁨은 곧 나의 기쁨이어야 하고, 친구의 슬픔은 곧 나의 슬픔이어야 한다. 기쁨과 슬픔을 함께하는 것이 친구 사이가 아니겠는가. 친구가 성공을 하여 기뻐한다면 곧 나의 기쁨일 따름이다. 그런데 경쟁상대인 친구의 성공은 나의 실패로 느껴진다. 왜일까? 우정이 약해서일까.

경쟁자인 친구의 성공에 복잡한 심사를 일으키는 우정의 갈등을 생각하다가 인간의 본성은 '타인지향형'이란 미국의 정치철학자 프랜시스 후쿠야마의 지적을 떠올렸다. 인간은 본래부터 남들에게 인정받기를 원한다는 것이다. 누구나 자기가 어떤 인간인지, 얼마나 훌륭한 인물인지 스스로는 알 수 없다. 나의 존재가치는 나에 대한 다른 이들의 평가를 통해서 비로소 드러난다. 때문에 타인들의 평가에 목을 맨다는 것이다.

그렇다. 인간의 역사는 의식주라는 기본적인 것으로만 짜이는 것이 아니라 가치 있는 인간, 훌륭한 인물로 인정받고자 하는 경쟁의 힘에 의해 이루어지는 것이리라. 직장에서의 성공이 승진이라고 믿는 것도 승진이 곧 인정을 받는 것이기 때문이다. 훈장이나 감투가 그래서 인기를 누린다. 제 주머니 돈을 써야 하는 감투를 두고도 얼굴을 붉히고, 핏대를 올리고, 싸움질을 한다. 다른 많은 사람들도 그것을 원하기 때문이다. 원하는 사람이 많을수록, 경쟁이 치열할수록 그 가치는 따라서 그만큼 더 커지기 마련이다.

인정을 받는다는 것은 상대보다 내가 더 가치가 있고, 더 훌륭하고, 더 능력이 있다는 것으로 통한다. 그런데 상대가 왕과 신하, 주인과 노예, 상급생과 하급생, 상위체급과 하위체급처럼 우열이 분명한 상대라면 어떻게 경쟁이 성립되겠는가. 상대가 뛰어난 자질과 품성에다 능력까지 겸비한 사람들일 때 경쟁은 완벽하게 성립되고, 결과에 대해서도 높은 평가가 뒤따르게 될 것이다. 인하여 사회적 동물로서의 인간은 어떠한 사회에 있느냐에 따라서 그 가치도 달라지게 마련이다.

진정한 우정은 상대를 인정하고 존경하는 데 있지 않겠는가. 상대를 비하하거나 동정하는 데서는 도저히 불가능하리라. 친구란 본시 비슷한 또래의 어울림이어서 유유상종이라 하지 않는가. "······ 너 만나기가 싫었다." "축하 인사를 할 마음이 생기지 않더라."라는 친구들에게서 처지를 뒤바꿔서 그들의 앞선 성공에 대한 나의 입장을 떠올려보지 못했다. 역지사지易地思之에 이르지 못하고 그저 옹졸한 녀석들이라고만 치부해왔다.

뒤집어보면 주위의 친구가 뛰어난 경쟁자로 있음으로써 나의 경쟁심에 불을 지폈고, 필시 경쟁적인 친구의 일거수일투족으로부터 투지의 에너지가 충전되었을 터이다. 결국 경쟁자 친구들이 나의 성공에 결정적으로 이바지한 것이다.

한때 나의 우월감과 자부심은 그들의 열등감과 질투심 위에 존재할 수 있었기에 서운해하기는커녕 오히려 내가 그들에게 갚아야 할 큰 빚을 진 것이다. 속내를 참아내면서 나에게 억지 미소를 보냈을 그들에게 말이다.

- 《대구문학》(제115호, 2015.7·8)

우정의 명암明暗

세밑에 서울의 K가 갑자기 찾아왔다. 예기치 않았던 설렌 상봉이었다. 우린 고등학교를 졸업하고 서로의 길로 나서면서 기약 없이 헤어졌다.

불현듯이 떠오른 까까머리 적 그리운 회상이 그의 발걸음을 서울에서 대구까지 이끌었다고 하였다. 못내 그리웠던 학창 시절의 풋풋한 우정이 만면에 웃음꽃으로 피어나고, 쉰다섯 해나 묵새겼던 얘기 보따리는 좀체 비워지지 않았다.

수백 명에 이르는 많은 동기생 가운데 어느 한 사람이 보고 싶다고 하여 불원천리하고 달려올 수 있는 이가 과연 얼마나 되겠는가. 그것도 강산이 바뀌어도 다섯 번이나 바뀌었을 시점에서 말이다. 정녕 흔치 않을 것이다. 특별한 인연과 대단한 선택의 당사자로서의 기꺼움 때문에 만남의 흥취는 함께한 내내 그네를 탔다.

너무 오랜 기간 잊고 지내왔다. 다른 곳에 터 잡고 바삐 살다가 보니 서로의 삶 밖에 있을 수밖에 없었다. 편편이 들려오는 공군에서의 그의 진급 소식은 될성부른 나무의 성장 확인이었다. 돌이켜보면 전력보국戰力報國과 전력보국電力報國이라는 같은 사명, 다른 임무, 다른 영역에서 선의의 경쟁을 통하여 자극을 받고, 에너지를 충전하였을 것이라고 여겨진다. 이야기를 나누면서 시공의 간극을 초월하는 그 무엇이 있었다는 것을 강하게 느껴서이다.

친구의 사전적 의미가 "오래도록 친하게 사귀어 온 사람"이고 보면, '오래도록'과 '친하게'가 친구의 요건이자 함의다. 친구라는 말이 설레발 호칭어로까지 일반화되어버린 세상이다. 친구로 알고 오랜 기간 사귀어 왔으나 무늬만 친구였던 사람이 있는가 하면, 서울의 K처럼 친구의 요건은 갖추지 못했지만 진정 친구 같은 사람이 있다. 직장생활, 사회생활을 하면서 얼마나 많은 사람을 사귀어왔던가. 대체로 그때뿐이었다. 퇴임 이후까지, 노년에 이르기까지 평생친구로 남은 경우는 단지 몇 명에 지나지 않았다.

비록 관중과 포숙 사이의 우정인 관포지교管鮑之交나 제갈량과 유비 사이의 우정인 수어지교水魚之交에 필적할 수 없더라도, 진실한 우정을 나눌 친구를 갖는다는 것은 당사자에겐 엄청난 행운이자 축복이 아닐 수 없다. 가족과 마찬가지로 기쁨과 슬픔, 어려움을 함께할 수 있는 소중한 사람이 친구다. 부모 팔아서 산다는 친구다. '친구'인가, '아는 사람'인가가 우정의 바로미터가 되고, 그 둘의 경계가 우정의 갈림길이 된다. 나누면 배가 된다는 기쁨이 질투가 되고, 나누면 반이 된다는 슬픔이 약점이 되는, 바로 '친구'가 아닌 '아는 사람'으로 밝혀지는 순간에 느꼈던 상실감은 허무 그 자체가 아니던가.

친구가 많다는 것은 더없이 좋은 일이지만, 친구랍시고 어울리는 사람들의 대개가 '친구'가 아니라 '아는 사람'이라는 데 문제가 있다. 친구는 숫자라는 양의 문제가 아니라 됨됨이라는 질의 문제이기 때문이다. 우정은 일방적인 것이 아니라 쌍방적인 것이요, 그 흐름은 직류가 아니라 교류다. 신뢰하고 의지할 수 있는 친구를 갖는 것이 관건이어서 친구의 사귐이 중요할 것임은 두말할 여지가 없다.

　서울의 K를 보노라면, 순수성에서 어린 시절의 또래 동무를 따를 수 없기 때문에 어린 시절의 동무만이 오래도록 소중하게 남고, 나이 들면서 다시 찾는가 보다. 그의 발걸음이 잠자는 나를 흔들어 깨웠다. 나로 하여금 친구를 찾아보고, 막혔던 관계의 길을 뚫게끔 일깨웠다. 못지않은 것의 확신인 진정한 친구가 되려면 내가 먼저 진정한 친구가 되어야 한다는 것도.

　비록 혼자의 길로 나아가는 인생이겠지만 나이를 보태면서 더러더러 내가 혼자인 것처럼 외로울 때가 있다. 친구, 아무리 강조해도 모자랄 행복의 시작이자 완성의 조건이지만, '사람만이 친구가 되는 것은 아니다.'라는 생각의 비약은 왜일까. 책, 등산, 여행, 운동, 드라이브, 반려동물 등도 또 다른 차원의 좋은 친구가 될 수 있다고 여겨져서이다. 인생 노정의 외로움이 선택이 아니라 필수여서일 것이리라.

　나의 친구는 누구인가. 나의 또 다른 친구는 무엇인가.

- 2019년 12월

비움

        이따금 "사랑이 머리에서 가슴으로 내려오는 데 칠십 년 걸렸다."는 김수환 추기경의 말씀을 떠올린다. 내 삶의 반성에서뿐만 아니라, 뭇 사람에게서 사랑이 마치 생활의 장신구처럼 회자될 때이다. 세상의 존경을 한몸에 받아오신 성직자 중의 성직자의 고백이고 보면, 머리의 사랑이 아닌 가슴의 사랑을 실천하기가 얼마나 어려운지 가늠하기조차 어렵다.

    사랑이 두 뼘도 안 되는 머리에서 가슴에 가 닿는 데 무려 칠십 년이나 걸렸다니 머리의 사랑은 무엇이고, 가슴의 사랑은 무엇이란 말인가. 설명이 없어도 머리의 사랑은 생각이고, 가슴의 사랑은 마음이라는 데 의미를 달리할 사람은 없을 듯싶다.

    생각thinking과 마음Mind, 둘 다 뇌Brain 기능에서 발현되는 것이어서 사람들은 통상적으로 '생각'과 '마음'을 혼용하는 듯하다. '생각 단단히 하라', '마음 단단히 먹어라'는 훈계도 같은 뜻으로 통하니 말이다. 그래서 "생각은 행동을 낳고, 행동은 습관을 낳고, 습관은 인격을 낳고, 인격은 운명을 낳는다."고 설파한 심리학 전문가 윌리엄 제임스도 생각과 마음을 하나로 보았던 것일까.

생각과 마음을 분별해 본다. 생각은 의식에 뿌리박고 있으나, 마음은 무의식에 뿌리박고 있다. 생각엔 제동장치가 있으나, 마음에는 그것이 없다. 마음엔 시공간을 무차별로 비상하는 날개가 있지만, 생각엔 그것이 없다. 마음은 합리적 영역이나 논리적 범주를 자유자재로 벗어날 수 있지만, 생각은 그렇지 못하다. 마음은 문학이지만, 생각은 문학일 수 없다. 그래서 마음은 진정한 사랑이지만, 생각은 의식적인 사랑이다.

생각이 지각과 관련되어 있다면, 마음은 감정과 의지와 관련되어 있다. 생각은 학습에 의해 크게 발달시킬 수 있어서 이 생각을 통해서 이성적 판단을 하게 되고, 마음은 심성 수련을 통해 조정력을 높일 수 있어서 이 마음을 통해서 감성적 판단을 하게 된다. 생각은 이성적인 사유여서 그것만으로 바로 어떤 행위로 연결되지 않지만, 마음은 그 바탕에서 일어나는 어떤 감정이나 의지로 인하여 바로 어떤 행위로 쉽게 전개된다. 그렇다. 생각과 마음이 일치해야 완전한 의미를 가진다는 것, 이것이 바로 생각과 마음의 합일일 터이다.

66

사람의 생각이 각자의 얼굴 생김새만큼이나 다양하듯이 어떤 행위의 바탕이 되는 마음 또한 마찬가지일 것이다. 사람을 움직이는 원동력을 프로이드는 리비도(성적 욕구)에, 니체는 권력에의 의지에 두었다. 프로이드나 니체가 말하는 성욕도, 권력욕도 결국은 생각, 감정, 행동을 유발하는 마음에 있기 마련일 것이다. 그 마음이야말로 다름 아닌 타인으로부터 자신을 인정받으려는 '존재의 확인'이라는 믿음이다. 어떠한 생각도, 마음이 바탕이 된 어떠한 행동도 최종적으로 존재의 확인과 결부되어 있다는 믿음 말이다.

대체로 존재의 확인 의지가 크고 강한 자만이 성공과 행복을 담보하리라는 산술적 계산에 유혹당한다. 이는 존재의 확인 의지가 서로 부딪치는 경쟁사회를 살아가기 때문일 것이다. 하나 나를 잊어버리고 몰두하는 몰아沒我, 망아忘我가 평소보다 열 배 이상의 능률을 가져다준다는 말은 무슨 의미일까. 욕망하는 자의 꿈은 이룰 수 없어도, 소망하는 자의 꿈은 이루어질 수 있다는 말의 차이는 무엇일까.

선현들의 깨달음인 무無의 자리, 공空의 자리가 몰아, 망아라는 믿음이다. 마음을 비운다는 것이다. 바로 '자기 내어줌'이다. 이것이 모든 창조와 사랑의 원천이기 때문이어서이다. 사랑은 결국 '존재 확인'이 아닌 김수환 추기경께서 칠십 년이나 걸려서 도달한 자리, 바로 '비움'에서 찾아야한다는 것을 배운다.

－《죽순》(제52호, 2018)

쉬슬다

　　　　　　　　　나이를 보탤수록 '자랑'이 건네는 이
미지는 부정적이다. 더불어 평준화의 정점에 이르러가면서 평준화
를 거스르는 것이기 때문일 듯싶다. '40대는 미모의 평준화, 50대는
지성의 평준화, 60대는 물질의 평준화, 70대는 정신의 평준화, 80대
는 몸뚱이의 평준화'라는 인생여정의 비유에 대한 상당한 긍정이어
서이다.

　'자랑'은 '자기와 관계있는 것을 남에게 드러내어 뽐내는' 것이다.
그래서 자랑의 요소는 자기, 능력이나 자격, 과시이다. 옛날부터 어
른들이 자식 자랑, 돈 자랑, 건강 자랑을 하지 말라고 했다.

　어릴 적 할머니 얘기를 뒷날 어머니도 똑같이 하셨다. "자랑 끝에
쉬슨다."고. "자랑 끝에 불붙는다."는 속담과 같은 맥락으로 여겨진

다. 너무 자랑을 하거나 거들먹거리면 되레 일을 그르치게 된다는 말이라고.

직장에서 은퇴를 하고 얼마 지나지 않았을 때였다. 어느 선배로부터 오찬 초청을 받았다. 훌륭한 업적과 빛나는 퇴임 축하가 초청 요지였다. 재임 시에 허물없이 지냈던 기억이 되살아나서 흔쾌히 수락하였다. 그런데 막상 약속장소에서 닿으니 허름한 식단에 배석자까지 대동하고 앉아 있었다. 초청 당사자는 간곳없고, 처음부터 끝까지 자기 자랑만 늘어놓았다. 돈 자랑이었다. 자식 자랑까지 곁들였다. 난감하였다. 경청 시험은 두 시간을 훌쩍 넘겼지만 끝날 기미가 보이지 않았다. 결국은 친구에게 SOS를 보내서 험지에서 벗어났다.

그 뒤에 또 비슷한 선배를 만났다. 이 선배 역시 초지일관 자랑만 늘어놓았는데 자식 자랑이었다. 돈 자랑도 곁들였다. 화제를 돌려 다른 선배의 안부를 묻기라도 하노라면 금방 자기 이야기로 물꼬를 틀었다. 상당한 인내가 필요했다.

훗날 들리는 소식은 두 사람 다 왕따를 당하고 있다는 이야기뿐이었다. 엄청 비싼 대가를 치르면서도 좀체 자랑하고픈 유혹에서 벗어나지 못하는 것이리라.

자식 자랑, 돈 자랑은 일정 부분 이해할 부분이 있다. 자기의 부족함을 자식이나 돈으로 채우려는 딱함이라도 있다. 그런데 어쩌다 만나게 되는 수캐 같은 사람은 딱함도 없는 노추만 있다. 수캐가 그것 자랑하듯이 기회만 있으면 자기의 존재가치를 읊어댄다. 주어는 모두 '나'이고, 술어는 모두 '대단하다'이다. 대화를 독점하고, 판을 깔 수 있으면 바로 '자기 자랑'이란 약보따리를 풀어놓는다. 이쯤 되면 민폐의 수준임에도 불구하고 정작 본인은 으스대고 즐긴다.

인간의 역사는 의식주라는 기본적인 것으로만 짜이는 것이 아니라 경쟁의 힘에 의해 이루어진다고 하였다. 그 경쟁은 가치 있는 인간, 훌륭한 인물로 인정받고자 하는 경쟁이다. 미국의 정치철학자 프랜시스 후쿠야마에 의하면 인간의 본성은 '타인지향형'이라 했다. 인

간은 본래부터 남들에게 인정받기를 원한다는 것이다. 나의 존재가 치가 나에 대한 다른 이들의 평가를 통해서 비로소 드러나기에 타인 들의 평가에 목을 맨다는 것이다.

그러고 보면 자기 자랑을 일삼는 사람은 자신의 존재가치에 대한 믿음이 없는 사람이다. 깊은 열등감이 들어서 자신의 존재가치를 끊 임없이 포장하는 것이다. 자신의 능력이나 자격이 아닌 자식이나 돈 으로 포장된 자랑은 듣는 이들을 불편하게 만든다. 끊임없는 자기 자 랑은 거꾸로 끊임없는 자기 비하의 길이다.

어떤 경로당에서 자기 자랑하기 시간을 경매하여 합동회식비 로 썼다는 에피소드가 전해졌다. 따지자면 인내심의 공동판매인 셈이다.

우리보다 먼저 세상을 사셨던 선조들의 자랑방식에서 배울 점이 있다고 여겨짐은 왜일까? 자식들이 책을 뗄 때마다 책거리떡을 해 서 돌렸다. 시험에 합격하거나 경사가 있으면 잔치를 벌였다. 함께 기뻐해달라는 적극적인 자랑방식이었다. 그것이 전래되어 '축하해 주세요.'란 의미의 '한 턱 쏘기'가 이어지고 있는 모양이다.

언젠가부터 자기 자랑의 유혹에서 벗어나려고 애쓰는 스스로를 발견하곤 한다. 아내로부터 "자기 자랑 엄청 심한 것 알아요?"라는 지적을 받고부터였을 것이다.

그러면서 터득한 두 가지가 있다. 하나는 일부러 떠벌리는 자랑보다 상대가 궁금해서 물어올 때 밝히면 효과가 배가 된다는 것이고, 다른 하나는 내가 직접 자랑하는 것보다 지인을 통해서 구전되는 것이 거부감 없이 전파된다는 사실이다.

가정의학과 전문의 윤방부 박사는 "아내 자랑, 자식 자랑은 바보들이나 하는 짓이라고들 하지만, 그렇지가 않다. 세상에서 제일 가까운 사람인 아내와 자식을 늘 자랑할 수 있는 사람이라면 그는 정말 행복한 사람이다. 그리고 나의 아내는 정말 자랑할 게 많은 사람이다."(『건강한 인생, 성공한 인생』 중에서)라고 아내 자랑, 자식 자랑의 긍정적 효과를 주장하고 있다.

막상 자기 자랑이 없는 세상이라고 생각해보자. 얼마나 삭막하고 무미건조할 것인가. 자랑거리를 만든다는 것은 성공으로의 동기부여이다. 자랑은 성공의 자기 현시이자 보상이다. 자랑이 문제가 되는 것은 그것이 속발續發이기 때문이다.

–《대구문학》(제140호, 2019.5)

걱정을 걱정하다

　　　　　　　　　　　　　'시간아! 앞으론 내가 너를 갖고 놀 거다. 걱정아! 너는 꼭 붙들어 맬 거다.'

　이는 평생직장에서 퇴임하면서 내심 별러왔던 두 가지 희망사항이었다. 삼십여 년간 코 꿰여 살아온 시간에서, 직장생활 내내 끊이지 않고 마음을 졸이게 하였던 숱한 걱정거리에서 해방되고픈 일념에서였다.

　그로부터 십년 가까이 지난 지금의 시점에서 되돌아보면, 시간은 통쾌할 만큼 내가 부리고 있다. 마음이 시키는 대로 버리고 잡고, 비우고 채우고, 나누고 묶는다. 하지만 걱정만큼은 세상 물정을 간과한 과욕이었다고 자인하기에 이르렀다. 걱정은 정도의 차이일 뿐이지 마치 삶의 구성요소처럼 꼬리를 물고 나의 삶 안에 달라붙어서 함께 살아가고 있어서이다.

무한경쟁으로 내몰리는 자본주의 시스템 아래서 저마다 구득하기 위해, 차지하기 위해, 앞서기 위해, 이기기 위해, 살아남기 위해 걱정을 달고 살아왔을 것이다. 어디 그뿐이겠는가. '모로 가도 서울', '꿩 잡는 게 매'라며 수단과 방법이 목적만을 조준했던 결과지상주의 세상을 살아온 우리 세대에게 걱정과 불안은 아마도 선택이 아니라 필수였을 것이다. 보릿고개에서 OECD 중진국에까지 오른 역사에 빛나는 압축 성장이라는 금자탑을 쌓기 위하여 얼마나 많은 걱정과 불면의 밤이 필요했을까.

하지만 현역에서 물러나기만 하면 그때까지 달고 살았던 걱정거리에서 자유로울 줄 알았다. 그런데 그게 아니었다. 새로운 유형의 걱정거리가 이어져왔다. 불안은 대다수 사람들이 일생 경험하는 일반적인 증상이 아니겠는가, 라는 생각에 이른다. 불안해서 속을 태우는 것이 걱정이고, 걱정이 돼서 마음이 편하지 않은 것이 불안이다. 걱정과 불안은 한 덩어리이다. 그리고 보면 우리들의 삶 안엔 걱정과 불안이 숙명처럼 함께하는 모양이다.

오늘날의 우리 사회가 돈과 권력이 지상 행복의 열쇠라고 부추기고, 발전된 제도와 문명의 이기들이 우리의 삶 안에서 행복은커녕 오히려 불안을 키워가고 있는 것이 아닐까, 라는 의문은 왜일까? 살아가면 살아갈수록 욕망의 전이에 따라 거기에 불안도 따라서 전이되면서 이어지는 불안의 고리가 점점 증폭되어간다고 여겨지기 때문이다. 불안이야말로 오늘을 사는 우리들이 극복해야 할 삶의 조건임이 분명하다.

알랭 드 보통은 "불안은 욕망의 하녀다."라고 했다. 보다 유명해지고, 중요해지고, 부유해지고자 하는 욕망이라고. 이처럼 유명해지고, 중요해지고, 부유해지고자 하는 욕망의 지시에 따라 내 안의 불안은 하녀처럼 움직일 수밖에 없다는 것이다. 그 욕망이 불안의 주범이란 것이다. 결국 생리적 욕구, 안전의 욕구, 소속감과 애정의 욕구, 존경 욕구, 자아실현 욕구라는 모든 단계의 욕구가 불안의 주범이란 말이 아닌가. 필시 저위 욕구에서 고위 욕구로, 결핍 욕구에서 성장 욕구로 욕구의 수준이 향상되어가면서 불안의 강도와 형태를 달리하리라. 뿐만 아니라 특정욕구의 충족과 이에 따른 다른 욕구의 포기를 수반하면서 불안은 증폭되기 마련일 듯싶다.

어니 J 젤린스키는 『느리게 사는 즐거움』에서 우리들의 걱정거리에서 정작 4% 미만이 우리가 대처할 수 있는 진짜 사건들에 대한 것이라고 했다. 걱정거리에서 96%는 걱정에서 벗어나도 될 헛걱정이란 말이다. 헛걱정은 과감히 내려놓고 내 힘으로 좌우할 수 있으면 최선을 다하는 것이 정답일 터이다.

삶 안에 걱정이 없는 것이 마치 의욕이 없는 것처럼 비춰지기도 한다. 적당한 걱정은 오히려 삶의 활력소가 될 수도 있다는 생각은 긍정적 관점에서의 걱정이 갖고 있는 순기능이다. 살아오면서 많은 헛걱정들로써 속을 끓여왔는가 하면, 걱정한다는 것이 문제해결에 전혀 도움이 되지 못하였던 경우가 비일비재하였다. 뿐만 아니라 시간이 들어서 걱정을 잠재우는 경우도 허다하였다. 미래에 일어나지 않을 수도 있는 일에 대하여 걱정하는 것이 불안이고, 반대로 기대하는 것이 희망이 아니겠는가. 불안의 뿌리가 욕망이라면, 욕망 관리가 곧 불안 관리라는 주종관계가 성립하기에 건전한 욕망이 건강한 삶을 선도해 주리라는 확신에 이른다.

　몇 주 전이다. 불쑥불쑥 드러나는 것부터 속 깊이 가둬놓은 것까지 내 마음에 자리하는 스무 가지에 이르는 걱정거리를 하나하나 기록하여 걱정마다의 내밀한 속살을 들춰보았다. 대부분이 일어나지 않을 것들과 과거에 일어났던 것들에 대한 것이었다. 내 힘으로 해결이 불가능한 것들도 있었다. 이러한 내 안의 걱정거리를 '이치'의 눈으로 들여다보고, '건강한 욕망'이란 잣대를 들여대어 반추해보는 것도 참 유익하다는 생각에 이르렀다. 헛걱정에서 자유로울 수 있는, 불안의 내성을 기를 수 있는 큰 힘이 될 수 있기 때문에서다. 걱정을 걱정해 본다는 것이.

－《영남문학》(제18호. 2014)

책맹冊盲, 책맹蚱蜢 책맹舴艋이다

　　　　　　　　　　　비슬산 천황봉을 오르는 가팔막에서 휴대폰이 울렸다. 심호흡을 하면서 전화기를 끄집어냈더니 고등학교에 막 진학한 서울의 손자 녀석이다. 앞뒤 잘라버리고 한다는 말이

"할아버지, 할아버지, 논술시험 잘 보려면 어떻게 해야 돼요?"

껌새가 또래들 앞인 듯했다. 필시 어느 녀석이 작가이신 너희 할아버지에게 물어보라고 했음직도 했다.

"얘야, 지금 등반 중이다. 전화로 나눌 이야기가 아니구나. 한마디로 한다면 '독서가 논술시험의 열쇠'란다. 책을 많이 읽도록 하여라."

이렇게 불쑥 받은 홍두깨 질문에 설명 없는 해답만 들려주었다. 마치 수학 문제풀이에서 수식은 생략한 채 정답만 써놓은 것처럼 산행 내내 찜찜한 마음이 달라붙었다.

새로운 세기에 들면서부터 책맹시대, 책맹사회라는 자조적인 깨우침의 소리가 높았다. '책 많이 읽기 고장 만들기' '독서 마라톤대회' '독서인증제' 등 독서 장려책이 경쟁적으로 시도되었다. 초등학교부터의 서술형 평가와 논술형 평가도 비판적이고 창의적인 사고를 갖춘 인재로 키우고자 하는 데 그 목적이 있고, 비판적이고 창의적인 사고를 기르는 그 수단이 바로 독서이기 때문에서다.

문맹이나 컴맹이란 말은 귀에 익숙한 말이지만 책맹은 그렇지 못하다. 글을 전혀 모르는 문맹, 컴퓨터를 전혀 다룰 줄 모르는 컴맹과는 달리 책맹은 글을 읽을 수 있어도 읽지 않는 것을 일컫는다. 누구든지 '이 정보화시대에, 디지털언어시대에 따로 책을 구해서 읽으라고?' 하는 생각이 든다면 바로 책맹의 장본인이다. 문맹과 컴맹은 능력의 문제지만 책맹은 선택의 문제요, 의지의 문제다. 책맹은 개인적인 문제가 아니라 시대적이고 사회적인 문제다. 그래서 더 중요하고, 더 어려운 문제다.

구텐베르크의 활자 발명은 인쇄문화시대-독서시대를 열었고, 독서는 삶의 지혜를 밝혀주는 등불이자 문명의 나라로 인도하는 길잡이였다. 지난 오백 년간 책과 독서는 찬사의 왕관을 쓴 최고의 지위를 누려왔다. 독서에 의한 사고력이 르네상스를 불러왔고, 계몽주의를 낳았으며 산업혁명으로 이끌었으니 말이다.

20세기 후반의 아날로그에서 디지털로의 정보화는 활자언어시대에서 디지털언어시대로의 개막이었다. 우리네 삶의 양상을 혁명적으로 바꿔놓았다. TV 리모컨, PC 전원, 스마트폰만 켜면 세상 돌아가는 이야기부터 기상천외한 가상세계까지 줄줄이 꿰찰 수 있게 되었으니. 책처럼 읽어야 하는 수고로움도 없다. 책보다 더 재미있고 볼거리도 더 많다. 책의 문자를 통해 사유하는 세계보다 TV나 인터넷이 제공하는 이미지 세계가 훨씬 감칠나고 달콤하다. 책은 저절로 멀어지게끔 되어버렸다. 디지털전자문화 수용 최상위국이면서 독서율은 OECD(경제협력개발기구) 35개 회원국에서 최하위다.

　　그런데 문제는 인터넷 웹페이지라는 것이 파편화된 정보일 따름이고, 하이퍼텍스트hypertext 역시 산만한 조각의 임의적 집합일 뿐이라는 데 있다. 인터넷이 인간 고유의 사색과 명상능력을 약화시키고, 새로운 미디어 환경은 인류의 지식과 문화를 견인해온 사고력에 치명적 손상을 입히기 때문이다. 독서는 책을 통해 지식과 정보를 얻고 인간관계의 이해를 도우며 사물에 대한 사고의 틀을 넓혀주는 활동이다. 니콜라스 카는 "독서는 사고의 연습 과정이고 정신적인 대상에 대한 시속적인 집중을 요구하는 일이다."라고 했다. 독서를 통해서 인간은 스스로 사유의 존재로 거듭난다. 이것이 바로 '생각하는 힘' 때문이다.

저녁에 손자 녀석에게 전화를 걸었다. 학원에 가고 집에 없었다. 밤늦게 그 녀석에게서 전화가 왔다.

"할아버지, 전화하셨어요?"

"그래, 낮에 말한 논술시험 준비에 대해서 더 이야기해볼까 해서…"

"할아버지, 학교 공부 학원 공부… 책 읽을 시간이 없어요."

"……"

'책맹사회, 교육마저도…'

독서가 정신에 미치는 효과는 운동이 몸에 미치는 효과와 같고(리처드 스틸), 책이 없는 방은 영혼이 없는 육체와도 같다(키케로)고 했다. 읽을 줄 알면서 읽지 않는 책맹冊盲이 거미 앞에서 위험을 모르는 책맹蚱蜢, 돛이 없어 방향을 잡지 못하는 책맹舴艋과 어찌 그리 속까지 닮았을까.

책맹蚱蜢: 메뚜깃과에 속한 곤충을 통틀어 이르는 말
책맹舴艋: 돛이 없는 작은 배의 한 가지

-《수필과지성》초대수필(제11호, 2018)

삶의 균형

균형均衡이란 말을 들으면 먼저 양팔 저울부터 떠올린다. 무엇보다 가시적인 물리적 균형을 그 기준점으로 삼고 있기 때문일 듯싶다. '기울거나 치우치지 않고 고른 상태'가 사전적 의미인 '균형'은 균형 잡힌 삶으로의 핵심어여서 생활 가운데서 들어온 익숙한 말이기도 하다.

비행기가 하늘을 날 수 있는 것도, 사람이 땅 위를 걸어 다닐 수 있는 것도 균형을 잡기 때문에 가능하다. 어떤 시설물도 균형이 곧 존재요, 어떤 동물도 균형이 들어서 의도하는 이동을 보장한다. 어디 보이는 것들의 균형만 중요하겠는가. 보이지 않는 관계의 균형이 들어서 성공적인 삶을 허락하지 않던가.

삶 가운데 '균형'이란 말을 참 많이 듣는다. 균형 감각, 균형 사고, 균형 식단, 균형 발전, 균형 잡힌 삶, 균형 잡힌 신앙 등과 같은 것들이다. 하나같이 소홀히 하거나 버릴 수 없는 것들이다. 잃으면 살아갈 수 없을 삶의 중심 잡기들이다. 이 많은 금과옥조와 같은 삶 안의 균형들은 결국 하나로 모아져 균형 잡힌 삶으로 귀결되기 마련이다.

사람이 살아가면서 과연 완벽한 균형을 이루어낼 수 있겠는가. 균형 잡힌 삶이란 것도 완벽한 균형이 아니라 완벽한 균형에 이르는 노력의 최대치라고 여겨진다. 중요하게 여기는 일에 집중하다 보면 비록 눈에 보이지 않지만 균형을 잃고 있는 자신을 발견하게 된다. 더러는 '균형이 필요한데……'면서 균형 잡힌 삶을 위하여 스스로를 되잡기도 한다.

인생의 가치관, 삶의 철학, 생활신조 등에 따라 삶의 균형점을 달리할 것이다. 삶의 의미, 목적의식, 중요도 등이 성공적인 삶으로의 중요한 이정표들이다. 그렇지만 이러한 것들 어느 것에 치중하다 보면 균형 잡힌 삶을 살 수가 없다. 삶과 일의 경계가 허물어지면서 여러 문제가 발생하기 때문이다. 그렇다고 모든 일에 관심을 쏟으면 모든 일에 대한 노력 부족으로 어느 것 하나 제대로 되는 것이 없으리라.

"무슨 문제가 있어?"는 힘들어하는 이들에게 던지는 관심어로 통한다. 인간의 삶은 '숙명적으로 풀어야 할 문제풀이'라는 생각에 이른다. 연속적으로 부딪히는 그 문제를 어떻게 풀어내느냐에 따라 만족스런 삶일 수도 있고, 불안한 삶일 수도 있다. '잘 산다는 것'은 무난하게 그냥 살아가는 것이 아니라, 소중한 일이 무엇인지를 알고 소중한 일을 우선적으로 해 내는 것이라 여겨진다.

　인간은 소중한 일보다 하고 싶은 일을 먼저 하는 경향이 있다. 소중한 일인 줄 알면서도 귀찮고 어려운 것들을 피하고 멀리하려는 인

간본성 때문이다. 그럼에도 많은 사람들은 별다른 노력 없이도 가정이나 직장에서 균형 있는 삶을 유지할 수 있고, 매우 생산적으로 일할 수 있다는 착각에 빠진다.

『균형 잡힌 삶을 살아라』 저자 로저 메릴과 레베카 메릴 부부는 삶에 있어 중요한 것은 적극적인 자세로 일, 가족, 시간, 돈이라는 네 가지 삶의 중요한 요소를 역동적이고 시너지 효과를 가져올 수 있도록 균형 있게 유지하는 것이라고 주장한다. 하지만 '역동적 균형', '시너지 효과'를 가져 올 수 있는 균형이란 수사적인 표현보다 오히려 "중요한 일이 사소한 일에 좌우되어서는 안 된다."는 괴테의 말에서 해답을 찾고 싶다.

누가 "중요한 일과 급한 일이 함께 있다면 무엇부터 하겠는가?"라고 묻는다면 대개가 "급한 일부터"라고 대답할 것이다. 어쩌면 당연하게 여길지도 모를 일이지만 중요한 일부터 하는 것이 정답이라는 말이다. 급한 일을 뒤로 미루면 중요한 일까지 빨리 마치게 되지만, 중요한 일을 뒤로 미루면 사소한 급한 일 때문에 한없이 밀릴 수 있기 때문이다. 이처럼 중요한 일을 성공적으로 먼저 잘해 낸다면 이것이 바로 역동적이고 시너지효과를 가져올 균형에 이르는 길이 아니겠는가, 라는 생각이다.

나는 삼십여 년을 회사인간으로 살았다. 나이를 보탤수록 회복 불능의 상실감 때문에 더러더러 자책하곤 한다. 이는 '직장에서의 성공이 곧 나의 성공이자 가정의 성공이다.'라고 철석같이 믿었던 젊은 날의 삶에 대한 자기부정이다. 여차하면 시간외근무요, 휴일 회사 반납은 상식이었으며, 가정의 계획들은 회사의 일에 밀려났다. 아내와는 사랑의 추억이 빈약하고, 자녀들의 어린 시절엔 아버지가 귀했다. 바로 회사인간으로 근무한 직장생활이 자연인으로서의 나의 희생, 한 가정의 가장으로서의 희생, 가족공동체로서의 가정의 희생이었다는 사실에 대한 자괴감이다.

애초부터 일, 가족, 시간, 돈과 같은 삶의 요소들에 대한 중요도를 인지하였더라면? 삶의 요소들에서의 중요도에 따라서 긴급성을 고려하였더라면? 스스로에게 던지는 두 가지 회개의 질문이다.

삶은 완성되어 가는 과정이다. 인간은 실수하고 실패할 수밖에 없다. 중요한 것은 계속해서 노력하는 것이다. 그렇지만 시간을 되돌릴 수 없다는 데 문제가 있다.

- 《죽순》(제50호, 2016)

삶은 계란

프라이하려고 냉장고에서 끄집어내 놓은 계란이 쟁반 위에서 간들거린다. 문득 '콜럼버스 계란 세우기'가 떠오른다. 생각의 비약은 '닭이 먼저인가, 계란이 먼저인가?'라는 미완의 다툼으로 이어졌다.

'콜럼버스 계란 세우기.' 이탈리아 지롤라모 벤조니의 『신세계의 역사』에 나오는 일화이다. 1493년, 크리스토퍼 콜럼버스가 아메리카 신대륙을 발견하고 돌아왔다. 멘도차 추기경이 주최한 환영 만찬에서였다. '누구라도 발견했을 것을 발견했을 따름이다.'라고 폄훼하는 분위기였다. 은근히 부아가 발동한 콜럼버스가 계란을 가져오게 하였다. 그런 다음에 "누가 이 계란을 세워보십시오."라고 일갈하였다. 누구도 세우지 못했다. 콜럼버스가 계란 밑 부분을 살짝 깨서 식탁에 세웠다. '이렇게라도 세우려고 시도조차 못 하지 않느냐?'라는 빗댐이었다. 폭풍과 파도가 가로막는 사선을 넘어 대장정의 탐험을 시도할 수 있는 사람은 콜럼버스 자신뿐이라고 '계란 세우기'로 시위를 한 것이다.

계란은 노른자위, 흰자위, 껍데기로 이루어져 있다. 계란을 쉽게 세울 수 없는 것은 타원형으로 생긴 것에다 계란의 중심부에 알끈으로 매달아 놓은 노른자위가 지구의 중력 때문에 중심이 흔들리기 때문이다. 쉽게 세울 수 있는 방법은 계란 중심부에 매달아 놓은 알끈을 끊어 계란의 무게를 하부로 이동시키는 것이다. 계란을 흔들어서 세우면 쉽게 세울 수 있다는 주장의 근거이다. 속설로 통하지만 적도에 가면 계란을 쉽게 세울 수 있다거나 행성이 일자로 자리하는 입춘이 드는 날 새벽에 계란을 쉽게 세울 수 있다고 한다. 지구 중력이 낮아지면 중심잡기가 훨씬 수월할 것이라는 믿음이 그 바탕이다.

계란 세우기의 열쇠는 노른자위의 중심 잡기이다. 계란을 평평한 지면에 세운 상태에서 계란의 중심이 안정되었을 때 손을 떼면 쓰러지지 않는다. 해답은 계란 껍데기에 있다. 꺼칠꺼칠하고 울퉁불퉁한 요철 때문이다. 요철의 음각과 양각의 높이는 0.03mm이고, 양각의 사이는 0.8mm 정도이다. 3개의 양각이 삼발 역할을 한다. 평평한 면과 계란 내용물의 중심 잡기라는 두 가지 조건만 충족되면 계란은 쉽게 서기 마련이다. 중심만 잡히면 연필심 위에까지도 세울 수 있다는 결론에 이른다.

  '콜럼버스 계란 세우기'는 감히 누구도 생각하지 못한 것을 미리 시도한 실천적인 행위를 비유한 말이었다. 하지만 비정상적인 방식으로 정상적인 방식을 대신하려는 행위 자체를 빗대는 말로도 발전하였다.

  '닭이 먼저인가, 계란이 먼저인가?' 미완의 다툼은 현재진행형이다. 닭이 있어서 계란을 낳았으니 닭이 먼저일 수 있고, 계란에서 닭이 나왔으니 계란이 먼저일 수도 있다. 이러한 두 가지 현상을 창조론적 관점에서 보면 답이 보인다. 성경에 보면 "하느님께서 말씀하시기를 '땅은 생물을 제 종류대로, 곧 집짐승과 기어 다니는 것과 들짐승을 제 종류대로 내어라.' 하시자 그대로 되었다."(창세기1,24)라고 하였다. 분명 집짐승인 닭을 창조하셨다. 그 닭이 계란을 낳아 부화하여 오늘날의 닭으로까지 이어졌으니 출발은 닭부터이다. 하지만 진화론적 관점에서는 닭이 처음부터 있었는지, 아니면 날짐승인 새가 집짐승으로 퇴화하였는지 불분명하다. 다툼의 끝이 보이지 않는다. '닭이 먼저인가? 계란이 먼저인가?'라는 말은 결과가 원인이 되어 반복적인 결과와 원인으로 이어지는 현상을 두고 비유적으로 하는 말이리라.

두 가지 화두를 살펴보면서 계란에 대하여 우리가 간과하였던 특별한 사실을 접하게 되었다. 그것은 계란이 타원형이란 것과 껍데기가 아주 얇다는 것이다. 타원형의 구조가 가장 견고하고 완벽한 구조라고 밝혀졌다. 비행기 동체가 그래서 타원형이고, 동물의 알들이 대개가 타원형이다. 타원형 구조여서 얇은 껍질로도 그만큼의 강도를 유지할 수 있다는 것이다.

타원형인 것, 껍데기가 얇은 것에도 창조주의 의지가 숨어있다. 껍데기가 얇아야 부화한 병아리가 쉽게 밖으로 나올 수 있을 터이다. 바로 줄탁啐啄의 신비이다. 알이 부화할 때 병아리가 안에서 껍질을 쪼[啐]고, 그 소리에 어미 닭이 바깥에서 껍질을 쫀(啄)다. 줄탁의 신비는 생명의 신비이다.

무릇 껍질을 깬다는 것은 새로 태어남이다. 사람도 마찬가지일 터이다. 이기와 독선, 아집과 편견이라는 껍질은 두꺼울수록 깨기가 어려울 것이다. 회개와 반성이라는 부리로 껍질을 깨고 나오면 새 생명으로의 부화이지만, 다른 사람에 의해 깨어지면 그릇 안의 계란처럼 1회용 계란프라이 신세로 전락할 뿐이다. 누구나 이기와 독선, 아집과 편견이라는 껍질로 자기를 두껍게 포장하지 않아야 하리라. 생명의 신비인 출탁啐啄의 신비에는 얇은 껍데기를 예비해 놓았다는 것을 명심할 일이다. 그래서 삶은 계란life is egg이라고 하는가 보다.

- 2017년 7월

3
아린

우리가 살아간다는 것은 결국 길을 가는 것이다. 갈 수 있는 길이 있고, 갈 수 없는 길이 있다. 가야만 하는 길이 있고, 가서는 안 될 길이 있다. 사람답게 사는 길이 있는가 하면, 동물처럼 사는 길이 있다. 갈 수 있는 길, 가야만 하는 길, 사람답게 사는 길에서 각자의 길을 찾아야 함은 불문가지이다.

— 「쿼바디스 도미네」에서

아린芽鱗

　　　　　　　　　　　　　팔공산에 들어서면 언제나 어머니 치
맛자락에 안긴 듯 참 포근하다. 등산이라는 이름으로 정기적으로 이
산을 찾는 것도 어쩌면 평화롭고, 감미롭고, 숨어있던 힘이 샘솟기
때문일 듯싶다. 이러한 행복감은 산의 정상에 있지 않고, 정상을 향
하여 오르는 과정에 있다는 것을 이미 익혀둔 터였기에, 오를 때 보
지 못하였던 '그 꽃'들을 보고자 하는 눈길은 한창 때보다 언제나 여
유롭다.

　새초롬한 하늘에 경칩 바람이 분다. 검은 침묵이 걸려있던 나목의 가
지마다 해빙의 편린이 수런거린다. 목 잠긴 개울물은 화음을 고르고,
산새 알종아리도 은빛 햇살이 걸린 솜털 버들가지와 어여쁜 춤사위다.

　오르는 걸음을 멈춘다. 참빗살나무 앞이다. 나무를 찬찬히 살피자니 겨울눈을 싸고 있던 아린芽鱗이 두 주 전 산을 오를 때와는 판이하게 다르다. 꽁꽁 여미었던 두 손을 놓은 채 탈각의 아픔을 견디어내고 있다. 봄에 꽃피울 꽃눈과 새싹을 틔울 잎눈이 아린에 싸여 혹한을 잘 이겨냈는가 보다.

　지난가을 동봉을 오르면서였다. 연푸른 잎과 황금빛 낙엽 사이에 매달린 매혹적인 분홍색 열매가 눈길을 붙잡았다. 꽃봉오리처럼 예쁜 모양에다 색깔마저 고왔던 열매의 주인공이 이 참빗살나무였다. 잡초가 듬성듬성 자리한 바닥엔 낙엽이 뒹굴고, 분홍빛 열매들이 잔가지에 매달린 채 여기저기 떨어져 있었다. 겨울준비가 한창일 때였다.

살아 있는 모든 생체에겐 겨울은 가혹하고 잔인한 계절이다. 오직 살아남기 위해 추위와 한 판 승부를 펼쳐야만 한다. 오직 수비의 전투, 생존 싸움에서 동물은 그래도 수월한 편이다. 따뜻한 곳으로 이동을 하거나, 안온한 보금자리를 만들어 칩거하거나, 아예 활동을 멈추고 동면을 하는 등 나름의 방식이 있다. 하지만 움직이지 못하는 식물은 온몸으로 감당할 수밖에 없다. 나무는 낙엽을 떨구고, 성장을 멈추며, 겨울눈을 만든다. 낙엽을 떨구고 성장을 멈추는 것은 에너지 소비를 최소화하는 것이겠지만 겨울눈은 꽃눈과 잎눈이라는 생명의 씨앗을 지키는 일이다.

소한 추위 때 잔설이 얼어붙은 이 길을 오르면서 참빗살나무와 대화를 나눴다. 겨울눈을 싸고 있는 아린들을 어루만지며 "참 힘들지? 씩씩하게 견디어줘서 고마워."라고 했더니, "찾아와줘서 내가 고마워. 아무리 힘들어도 견디어 낼게."라며 전의를 불태웠었다. 그때 날씨가 풀리면 다시 찾아보리라고 내심 작정한 터였다.

셀 수 없이 많은 나무 중에서, 그것도 우연한 만남이 아니라 단속적으로 만난다는 것은, 나무 입장에서는 특별한 관계를 뛰어넘는 어마어마한 일일 듯싶다. 그 나무와는 과거와 현재와 미래를 함께 조우하는 일이어서 말이다.

경칩이 봄소식을 알리고 따사로운 햇볕이 얼음을 녹여 봄기운이 완연해지니 이렇게 새 생명의 싹을 틔우고 꽃망울을 부풀리고자 단단한 아린을 깨트린다. 새로운 생명이 탄생하기 위해서는 단단한 보호막이 깨져야 한다. 깨지는 아픔이야 가없지만, 새로이 태어날 환희도 끝이 없을 듯싶다.

불현듯 어머니를 떠올린다. 흰 치마저고리에 쪽머리를 튼 청상의 어머니가 사뭇 눈물겹게 그립다. 첫돌 지나 아버지를 여읜 나를 보듬어 싸맨 채 세파의 혹한으로부터 온전히 지켜온 아린이었다는 생각 때문에서다. 하나 아들의 겨울눈을 지키기 위해 겪었을 고난의 세월이 반세기가 더 지나도 어느 한쪽을 잃은 것처럼 시리다. 겨울눈을 틔우기 위해 겪었을 아픔을 상상해본다. "그만하면 됐다"는 긍정의 시그널들이 꽃눈과 잎눈을 살려낸 당신의 기쁨이자 안도였던가를 어머니와 함께한 빛바랜 기억 속에서 더듬게 된다.

나무의 겨울눈과 아린에서 우리 삶을 반추해본다. 너나없이 살아가면서 얼마나 많은 혹한을 만나는가. 혹한을 견디어 내는 희망이라는 잎눈과 성공이라는 꽃눈을 지키기 위한 아린의 역할이 중요할 것이리라. 이 역할은 누구에게가 아니라 모두에게 지워져 있다는 것을 새삼 배우게 된다.

*아린芽鱗: 겨울눈을 싸고, 나중에 꽃이나 잎이 될 여린 부분을 보호하는
단단한 비늘 조각.

-《대구문학》(제146호, 2019.11)

제비꽃 2

　　　　　　　　　　　　　　보송보송한 아침 햇살이 먼저 하산하
고 있다. 산책길 동산은 꽃 세상이다. 개나리 산수유 벚꽃에다 산비
탈을 수놓은 진달래까지 봄꽃들의 향연이다. 색깔과 향기를 버무려
놓았다. 아랑곳하지 않는 듯 길섶 저만치 땅바닥에 찰싹 달라붙은 제
비꽃이 눈길을 붙잡는다. 꽃잎 날개를 가냘프게 일으켜 세웠다. 주의
깊게 보지 않으면 보이지 않을 정도로 작지만 가까이서 자세히 보니
청보라색 줄무늬 꽃잎이 곱고 화려한 것을 넘어 무척 신비롭기까지
하다. 드물게 자리한 제비꽃 무리에서 불현듯이 어머니 얼굴이 겹쳐
졌다.

　하얀 치마저고리에 쪽머리를 튼 청상의 어머니. 정화수 한 그릇 받
아주실 영험하신 분께 매달리시던 모습은 자식을 위해 당신을 내어

96

놓은 숭엄한 자모상이었다. 하나 아들이 물가에 내어놓은 아이처럼 늘 불안하셨던 모양이다. 대처에 공부하러 보낸 후로는 기도 횟수도, 시간도 늘어났다.

　어머니의 제비꽃과의 인연은 시시때때로 기도를 올리셨던 부엌 옆 장독대에서부터 시작되었다. 어느 날 기도 중에 토담 밑에 엎드려 함초 롬히 이슬을 머금고 있던 제비꽃에 어머니의 눈길이 닿았다고 하셨다. 토담 밑에서 생을 이어가는 모습이 기구하게 살아가는 당신의 처지를 어찌 그렇게 빼닮았는가 라는 생각이 드셨다고.

　앞마당으로 흩뿌리시던 정화수를 제비꽃의 생명수로 주셨고, 토 담 밑에서 새끼 제비처럼 입을 벌리고 있는 제비꽃에 마음을 주셨다. 어머니의 정화수로 갈증을 풀고, 어머니의 눈길과 손길에서 자라고, 어머니 사랑으로 꽃을 피운 제비꽃은 강고한 일가를 이뤘다. 어머니 가 아끼는 꽃이라며 가족 모두가 특별히 여겼던 기억이 아련하다.

　몇 해 전이었다. 시골 고향 친구에게서 뜬금없는 전화를 받았다.

　"산돼지들이 인근 산의 묘지를 파헤쳤다고 이집 저집 야단이어서 자네 부모님 산소에 가봤네. 안 빼놓고 많이도 어질러놓았네 그려. 날래 와봐야겠네."

　곳곳에서 산돼지가 농작물을 훼손하고 묘지를 파헤친다는 뉴스를 접했던 터였다. '어질렀다.'는 표현 때문에 대수롭지 않게 여기면서 현장엘 찾아갔다. 묘소 입구에 들어서는 순간 황당하고 망극하여 할 말을 잃었다. 묘지의 봉분은 흔적 없이 사라져서 평지가 되어버렸고, 묘원의 잔디밭은 흙더미에 묻혀서 잔디를 구경을 할 수 없었다. 크고 작은 발굽 자국이 없었다면 이건 필시 누군가의 의도적인 훼손으로밖에 볼 수 없었으리라.

갑자기 비가 내린다면 지붕이 날아간 유택을 어떻게 지킬 것인가. 덜컥 겁부터 났다. 다급하게 장비와 일꾼과 잔디를 확보하여 이튿날 바로 복원공사를 하였다. 이십여 년의 세월에 다져지고 빗물에 씻기어 작아져 버렸던 봉우리가 원상회복되고, 듬성듬성해진 묘원의 잔디도 새로 심고 보니, 비록 산돼지로부터 강요당한 효도였지만 마뜩하기까지 했다.

문제는 그 이듬해 벌초 때에 드러났다. 산에서는 볼 수 없는, 습지에서 잘 자라는 여뀌, 고마리가 묘소를 뒤덮었고, 매듭풀, 돼지풀, 개망초가 제자리인 양 저마다 넉넉하게 가을걷이를 하고 있었다. 복원공사를 하면서 논잔디를 사용한 것이 화근이었다. 잔디밭에 잡초가 난 것이 아니라 잡초 숲에 잔디를 심은 것으로 오해할 정도였다.

잡초와의 땅뺏기 싸움은 삼 년여 만에 결판이 났다. 묘소에 잡초가 우거졌을 때는 잔디 외에는 모든 것이 미움의 대상이자 제거의 대상이었다. 하지만 잡초를 잡고부터는 잡초에게도 마음의 문이 열렸다. 삶터를 잘못 잡은 잡초에게서 애증마저 느끼게 되었다. 그런 가운데

솎아내야 할 대상으로 만나 내 마음을 흔든 것이 제비꽃이었다. 마치 제비꽃이 산돼지를 따라 온 것처럼 생각되어 고맙기까지 하였다. 이처럼 어머니 묘소에서의 제비꽃과의 만남은 우연이 아니라 마치 필연처럼 다가왔다. 따로 제비꽃 화단을 만들었다. 생전에 어머니가 애지중지 키우셨던 제비꽃을 어머니 유택에 꽃피워야겠다는 다짐까지 꼭꼭 심었다.

제비꽃은 봄여름 가을 내내 핀다. 마음만 먹고 찾으면 어디서든지 만날 수 있다. 제비꽃을 보면 꽃말대로 겸양謙讓이 보인다. 봄꽃들이 저마다 멋들어지게 꽃을 피워 세상의 이목을 끌고 있지만 제비꽃은 전혀 그렇지 않다. 힘자랑, 가진 자랑, 몸 자랑, 재주 자랑으로 저마다 자기가 최고라고 우쭐대는 인간 세상에서 듬쑥하게 제 몫을 다하면서 구순하게 살아가는 소시민을 닮아 정감이 가는 꽃이다. 나에게는 이러한 정감을 뛰어넘어 산책이나 등산길에 나서면 눈이 스스로 찾아가서 만나는 꽃이다. 어머니의 애틋한 사랑을 피워내는 보고 또 보고픈 꽃이다. 그 제비꽃에서 어머니를 만나고 어머니의 사랑을 맛본다. 거기다가 제비꽃 같은 유년의 소꿉동무까지 만난다. 그래서 산책길에서도 나의 눈길은 길섶을 훑는가 보다.

－《문장》(제45호, 2018.여름)

있어도 없는

훌쩍 커버린 외손자 녀석들의 사진첩을 넘겨보고 있었다. 아이들 사진첩이라기보다 가족 사진첩이 맞는 말일 듯싶었다. 사진첩에 묶어놓은 아이들과의 행복한 시간들이 보석처럼 빛을 발하였다.

"아버지! 우리 어릴 적 사진첩에 아버지 없는 것 아세요?"

딸아이가 옆에 와 앉으면서 한마디 툭 던졌다.

살아오면서 소홀했다는 점을 스스로 인정하고 있던 터였지만, '있어도 없었던' 아버지의 부재가 여린 마음자락에 지울 수 없는 상흔으로 쌓여 있었다. 무늬만 아버지였던 죄인 아닌 죄인이었다. 그로부터 가끔 어린 자녀와 놀이를 즐기는 아버지 모습을 볼 때면 스멀스멀 딸아이의 그 한마디가 떠오르곤 한다.

직장에 들어가 사회생활을 시작하면서 나에게 신앙만큼이나 흔들리지 않았던 믿음이 하나 있었다. 그것은 '직장에서의 성공이 곧 나의 성공이자 가정의 성공이다.'라는 것이었다. 그 당시 사회적 환경이나 여건, 공인된 가치관에서 깨우친 믿음이었다. 그러한 믿음은 필시 나 하나만의 경우는 아닐 것이었겠지만, 그 믿음의 완성을 향한 집념의 오체투지는 선택이 아니라 필수라고 여겼다.

여차하면 시간외근무였고, 그것도 모자라서 일 보따리를 싸들고 가정으로 들어왔다. 휴일은 회사에 반납하기 일쑤였고, 가정의 계획들은 회사의 일 때문에 밀려났다. 변별력을 잣대로 뽑는다는 승진은 경쟁이 아닌 전쟁이었고, 떨거지 따리꾼들이 노리는 점령지였다. 원불꼴 조직에 오금과 사태가 닳도록 오르고 또 올랐다. 수직 사고, 직선 몸짓, 줄잡은, 줄 선, 줄 지킨 '회사인간'이었다. 학력과 경력, 품성과 평판, 업무실적과 상위직의 수행능력 등의 변별력은 기본이고, 게다가 상사의 주관적인 정성적 평가를 잘 받기 위한 플러스알파plus alpha는 더 분명한 회사인간으로의 유인이었다.

과욕의 바람을 뺀 채 되돌아보면 분명 이룰 만큼 뜻을 이뤘다. 하지만 저절로 따르리라고 믿었던 가정의 성공인 행복은 꿰찰 수 없었다. 효의 자리에는 빈자리가 많았고, 아내와는 사랑의 추억이 빈약하고, 자녀들의 어린 시절엔 아버지가 있어도 없었다. 인정받기와 승진에 매달렸던 직장인으로서의 삶이 자연인으로서의 나의 희생, 한 가정의 가장으로서의 희생, 가족공동체로서의 가정의 희생이었다는 사실에 때늦은 자괴감을 느끼게 되었다.

　이제 자유인의 입장에서 날로 새삼스럽게 느끼는 것이, 인간의 삶이란 것이 현재라는 일상의 모음들이라는 사실이다. 사소한 것들의 모임이 우리들 삶 안의 일상이고, 우리들은 그 삶 안의 일상에서 행복을 향유한다는 것이다. 행복은 쟁취하기 위해 화살로 맞추어야 하는 과녁이거나 승부로 뺏고 빼앗기는 점유물이 아니라는 반성이다.
　대체로 사소한 것들을 보잘것없다고, 하찮다고, 자디잘다고 시시하게 보는 경향이 있다. 하지만 이러한 태도에서 실수가 유인되고, 걷잡을 수 없는 그 실수로 하여금 낭패를 당하지 않던가. 보나파르트 나폴레옹은 "개선으로부터 몰락까지의 거리는 단 한 걸음에 지나지 않는다. 나는 사소한 일이 가장 큰 일을 결정함을 보았다."고 하였다. 이것이 사소한 일상의 진면목이다.
　'무엇을 보느냐?'의 관점에서 중요한 것들이 '어떻게 보느냐?'에서는 사소하게 보이기도 하고, 거꾸로 '무엇을 보느냐?'의 관점에서 사소한 것들이 '어떻게 보느냐?'에서는 중요한 것으로 보이기도 한다. 소유의 눈이 아닌 존재의 눈으로 보면 삶의 의미와 행복을 보다 쉽게 찾고, 더 크게 느끼지 않겠는가. 사소하지 않은 사소한 것들에서 삶의 의미를 찾고, 행복을 느끼게 되리라.

살아가면 살아갈수록 인생은 사소함으로 채워진다는 생각이 든다. 나이가 들어가면서, 삶을 느끼면서 살아가는 이 세상은 나날이 새롭다. 가정이라는 둥지에서 가족과 함께 사랑으로 살아가고, 이웃과 오순도순 정을 나누고, 벗들과 더불어 우정의 길을 닦고, 세상의 지인들과 친교를 나누고, 주어진 봉사직분에 헌신하는 이 모든 것들이. 심지어 걷고, 뛰고, 오르고, 게다가 생각하고, 말하고, 행동하는 것까지 축복이라고 여겨진다. 삶 안의 사소한 것들이 때때로 기적으로 다가온다. 그러한 기적들이 일상의 삶을 이뤄가고 존재의 희열을 맛보게 한다고 말이다.

행복은 빵 터지는 대박이 아니라 일상의 삶 안에서 하나하나 꿰차는 마일리지라는 것을. 아버지가 있어도 없었던 아들딸 어릴 적 떠올리면 가슴이 먹먹해 온다. 되돌릴 수도, 되찾을 수도 없는 뚝뚝 떨어져 나간 숱한 행복 도사리. 대박을 겨누었던 헛방 총대를 썩 물린다.

－《죽순》(제51호, 2017)

후광효과後光效果

                     "부탁 말씀 드리려고 왔습니다."

"결혼식 주례만 빼고 뭐든지 부탁하세요."

필시 다른 부탁이 아닐 것이라는 믿음 때문에 이처럼 거절의 울타리를 미리 쳐본다. 하지만 찾아온 이가 이를 장애물로 여기지 않고 승낙으로 드는 절차쯤으로 여기니 번번이 허물어지기 마련이다.

주례 선생님 이름이 들어간 활판 청첩장을 돌렸던 세대여서, 주례는 특별히 선택된 사람이 서는 것이라고 여겼었다. 그러했던 주례 서기가 십여 년 전부터 혼례를 집전하는 귀한 자리에 선택되었다는 생각보다, 초창기의 설레었던 마음이나 의젓한 기품보다 거꾸로 무거운 부담으로 다가왔다.

그 부담이란 것이 하나는, 내가 집전하여 탄생하는 한 쌍의 부부가 찢어지는 소리가 곳곳에서 들리는 이 험난한 세상을 평생 해로하며 행복하게 살아야 할 터인데, 라는 기원을 담은 염려였다. 다른 하나는, 거꾸로 신랑신부가 평생 좋은 이미지로 기억하는 주례 선생님이 잘못 살아서 만약 구설수에 오른다면 그 얼마나 충격을 받겠는가, 라는 나의 언행을 옥죄는 부자유 내지는 구속감 같은 것이었다. 여기에다 또 다른 것을 보태라면 잦은 주례 서기가 과연 바람직한 것인가, 의례적인 금과옥조가 아닌 신랑신부에게 참으로 도움이 되는 주례사인가라는 것이었다.

때문에 주례 서기가 계속되면서 기도라도 보태야 할 애프터서비스 의무감 같은 것에서 자유로울 수 없었다. 그래서 시도한 것 중의 하나가 주례를 섰던 커플들에게 신간 수필집이나 시집에다 주례의 '축복의 메시지'를 적어 보내는 것이었다. 그것마저도 어쩔 수 없이 별거 소식이나 이혼 소식을 접해야 하는 코스였으니 주례는 이래저래 부담이 따르는 몫이라고 여겨졌다.

이러한 부담을 대동하는 주례 요청에 나름의 의문이 뒤따랐다. '직장이나 사회의 인연뿐만 아니라 학연, 지연, 혈연으로부터 이어지는 주례 요청은 어디에 연유하는 것일까'라는 것이었다. 의문을 풀어보고 싶은 마음에서 결혼식 이후에 만난 혼주에게 어떤 연유로 나에게 주례를 부탁하였는지를 은근슬쩍 물어보곤 했다. 하나같이 이력이나 인품도 고려했다지만 그보다 부부간에 금슬이 유별하고, 자녀 셋을 훌륭하게 키운 모범가정의 주인공이라는 것이 주례 선정의 방점이었다. 그때마다 부끄럽고 불편한 심기를 두꺼운 얼굴에다 숨길 수밖에 없었다. 몰라도 너무 몰랐다. 주위에선 우리 부부를 금슬부부로 보는 모양이다. 독불장군에다 자존심이란 군더더기가 덕지덕지 붙어 있는 나에게 금슬부부나 모범가정의 가장이란 칭호는 언어도단이어서이다. 아내에게 물어보면 콧방귀도 분명 후한 점수일 것이다.

외아들, 홀어머니는 시대를 불문코 결혼 조건으로서는 최악이다. 게다가 그 외아들은 '순종'을 배우자 선택의 첫 번째 덕목으로 꼽았던 이기적인 인간이었다. 이러한 악조건에서 아내는 2남 1녀를 키우면서 공경과 순종으로 22년 간 홀어머니를 모셨다. 뇌졸중으로 드시고 비우기를 의탁하신 어머니의 마지막 4년은 사력을 다한 아내의 헌신이었다. 스물두살 철부지를 단번에 찍어 넘긴 인연(因緣)이, 헌신만을 요구하는 삶의 십자가라는 과보(果報)였기에, 살아오면서 인과(因果)에 늘 자유롭지 못했다.

아이 하나 키우기가 얼마나 어려운가. 회사인간 남편을 탓하지 않고, 셋이나 되는 아이들 바르고 건강하게 키우고, 더하여 공부까지 잘하게 지도하였으니 금상첨화였다. 아내의 손으로 거름 주고, 아내의 공덕으로 길러낸 '금상'이라는 나무이고, '첨화'라는 꽃이다. 이어지는 주례 요청은 오직 아내의 '후광효과'라고 믿어 의심치 않는다.

주례석에 서서 "사랑은 느낌이라는 순간적 감성이 아니라 잘 사랑하겠다는 지속적인 이성입니다." "차이는 차별의 대상이 아니라 인정하고 이해해야만 하는 다름입니다." "행복은 대박이 아니라 삶 안에 만나는 행복송아리들을 주저리주저리 꿰차는 마일리지입니다." 라고 근엄하게 당부했던 주례사로 우리 부부의 삶을 반추해보곤 하였다. 그때마다 엉터리였다. 자기 발견의 계기였다. 그다음부터는 '실패한 인생선배로서'가 앞서는 주례사일 수밖에 없었다.

아내란 언제나 함께 생활하는 사람이라서 평소에는 그 가치를 잊고 지낸다. 나이 들면서 아내를 사별한 선배 지인들을 통해서 간접적으로나마 깨닫게 된다. 그래서 어느 순간 아내가 곁에 없는 삶을 생각하면 눈앞이 깜깜해짐을 느낀다. 사랑하는 아내가 곁에 없다면 재물과 명예, 부귀와 영화가 무슨 의미가 있겠는가. 어떻게 보람과 기쁨을 누릴 수 있겠는가. 아마도 세상 가운데 혼자 내던져진 것처럼 외롭고, 삶의 의지에 불을 지펴주는 의미까지도 잃게 되리라. 이모작 인생의 꿈도 야무지게도 아내와 함께이다. 그러고 보면 '나'란 인간은 대책이 없다. 홀로서기가 거의 불가능한 허릅숭이다. 후광효과로 살아왔고 또 살아가는.

– 《좋은수필》(2020.6)

칩거蟄居

"얘야, 저기 너희 담임선생님 오신다. 어서 숨어라. 너 오늘 학교 땡땡이 쳤다며…."

"할아버지! 할아버지가 숨으셔야 돼요. 선생님께 할아버지 돌아가셨다고 했어요."

우스개로 회자되고 있는 '할아버지와 손자의 대화'다.

이 이야기를 처음 듣는 순간부터 마음이 불편했다. 까마득하게 먼 유년의 기억이 되살아났기 때문이다. 할아버지를 생각할 때마다 옥죄는 죄스러움이란 것이 맞는 말일 듯싶다.

초등학교 4학년 때였다. 가정방문을 나오신 담임선생님과 아랫마을 동급생 집으로 가는 길이었다. 외길에서 할아버지와 맞닥뜨렸다. 피하고 싶었지만 어쩔 수 없었다.

따뜻한 봄날에 온몸에 누더기 같은 옷을 칭칭 감은 채로 더딘 발걸음을 옮기시던 할아버지가

"도이야! 도이야!" 겨우 내지르는 소리로 나를 부르셨다.

"저 노인께서 너를 부르는 것이냐?"고 선생님께서 물으셨다.

"미친 할배라요." 마치 미리 준비된 것처럼 얼버무렸다. 그러고는 눈길을 돌려 지나쳐버렸다.

할아버지는 4남 1녀의 장남으로 일꾼 들여 감농을 하시면서 군위, 도리원, 안계, 선산, 해평, 장천 등 육방의 지인들과 통교를 하셨던 건강하고 활달하신 분이셨다. 효성스런 슬하의 3남 1녀가 자랑거리셨고 대소가의 우애가 내세우셨던 최우선 덕목이셨다. 그러한 할아버지에게 당신께서 감내하기 어려운 불행이 들이닥쳤다. 그것도 연이어서.

일본군에 징집되어 남양군도로 갔다던 둘째 아들이 해방된 지 일 년이 지나도록 무소식이었다. 게다가 일본에 살던 장남이 귀국길에 괴질 호열자(콜레라)에 감염되어 목숨을 잃었다. 집안의 희망이었던 스물아홉 살 생때같은 장남을 잃었으니 그 절망감을 어디에 비할 수 있었겠는가.

할아버지는 당신 자신을 죄인이라고 여기셨다. 부끄러워 하늘을 볼 수 없다며 두문불출하셨다. 사랑방 칩거에도 불행은 그치지 않았다. 설상가상이었다. 외동딸이 서방을 잃고 친정으로 돌아왔고, 막내아들조차 6.25전쟁 백마고지 전투에서 전사하였다. 자랑거리 1남 3녀가 하나같이 비운의 나락으로 떨어졌다.

십여 년의 유폐의 삶은 득병으로 이어졌다. 여름에도 군불을 지폈고, 봄가을에도 겨울처럼 두꺼운 옷을 껴입으셨으며, 식사도 까다로워지셨다. 3과부가 받드는 할아버지 봉양은 농사만큼이나 힘겨웠다.
어느 날 어머니의 계책이 장손인 나에게 떨어졌다.
"할배요, 힘들어도 큰 논에도 가보고 감농監農도 해줘요."라고 진언하게 이르렀다.
개나리, 진달래, 벚꽃이 만개한 화창한 봄날에 두꺼운 옷을 칭칭 동여입고 불편하신 몸을 끌다시피 보리밭에 가셨을 것이다. 다녀오시는 길에 마을 입구에서 장손을 만났으니 한마디 나누고 싶은 마음이 오죽하셨을 것인가. 당신의 안색도 행색도 정상이 아니라는 것을 미처 생각하지 못하셨을 것이리라.

이제 어릴 적에 이해하지 못했던 할아버지의 칩거를 차츰차츰 이해하기에 이르렀다. 세월의 지문이었던가. 필시 자식, 손자 거느린

옛날의 할아버지 나이에 이른 역지사지의 이해일 듯싶다. 일본군에 끌려간 자식의 행방불명도, 자식이 전염병에 걸려 목숨을 잃은 것도, 자식이 전쟁터에서 전사한 것까지도, 심지어 사위가 병사하여 딸이 되돌아온 것까지도 당신의 업보로 받아들이신 것이라고. 두 세대 앞의 유불관적儒佛觀的 정신세계의 긍정이 18년 칩거를 이해하는 통로였다.

'도이야! 도이야!'
'예 할배요! 큰 논에 다녀오시니껴?'
'할배요! 우리 선생님 왔어요.'
'선생님! 우리 할배세요.'

나누지 못한 그 때의 대화를 혼자 읊어본다.

-《수필세계》(제53호, 2017.여름)

아날로그 에피소드

"정답은 주머니에 있다."

'검색해봐!'가 낳은 새로운 경구警句다.

스마트폰의 검색창은 24시간 열려있다. 언제든지, 무엇이든지 물어보라며 사각 입을 벌리고 대기 중이다. 손가락으로 터치만 하면 커서란 놈이 번개 같이 나타나 눈을 깜빡이며 대령한다. 너나없이 안팎 생활 가운데 궁금하거나 미심쩍은 것이 생기면 스마트폰 검색창을 두드리게 된다. 이제 스마트폰이 척척박사 행세를 하게 된 세상이다.

스마트폰 검색창을 두드릴 때마다 친구 K의 아날로그 에피소드를 떠올리곤 한다. 당사자는 평생직장의 경영자 출신 모임에서 한동안 매월 정기적으로 만났던 그의 대선배다.

모임의 분위기는 현직에 있을 때 직속 상사로 모셨거나 선후배 관계로 서열이 분명했기에 수평적 친교를 주문처럼 외지만 다소 경직된 수직적 관계를 피할 수 없었다. 그 선배는 현직에 있을 때부터 그저 먼발치에서나 볼 수 있었던 그러한 관계였다. 직급이 세 단계나 차이 나는 일명 성층권의 존재였고, 이십 년 가까운 나이 차이는 세대 간의 이질감마저 느끼게 했기 때문이다.

십여 년 전, 그가 퇴임을 하고 그 모임에 처음 참석했던 날이다. 그 선배와 같은 직위로 퇴임을 하였고, 그보다 더 확실한 것은 은퇴를 한 똑같은 자연인 신분이라는 점 때문에 나름대로 편안하게 대했다. 첫 만남에서 그 선배의 반응은 퍽이나 사무적이었다. 그리고 다음 회합에서 신참인 그로 하여금 얼굴을 붉히게 하는 신고식을 치르게 하였다. 신고식은 특정인에게 화제를 유도해서 양파껍질 벗기는 식의 까다로운 질문으로 밑천을 들통 내는 방식이었다. 새까만 후배가 맞먹으려 들까 봐 지레 금줄을 치는 듯 느꼈다. 분명 길들이기라는 결론에 이르렀다. 그다음 모임에서도 불편한 마음은 그대로였다. 모임에서 탈퇴하려고도 생각해 봤지만 익숙하지 않은 아웃사이더의 길은 선택사항이 아니었다. 상고 끝에 내린 그의 옹골찬 결단은 맞부딪혀 보기였다.

그 선배가 모임에 나오기 전에 특정 분야에 대해 전문가 수준에 이를 정도로 충분히 공부를 하고 나온다는 사실을 알아채는 데 그리 오랜 시간이 필요치 않았다. 전문가다운 문제와 풀이를 익혀서 상대가 쩔쩔매는 모습을 즐긴다는 것도 알았다. 최고 선배이자 좌장으로서 어떤 문제라도 전문가 수준으로 파고들기에 누구도 대적하기가 힘들었을 것이라는 것도. 그것도 어느 한 사람을 선택하면 그 사람과 관련된 분야를 집중적으로 공격하는 방식이었다. 대개 공격의 기미가 보이면 꼬리를 내렸다. 게다가 위장 감탄사와 허접한 찬사로 추임새까지 넣었으니 모임의 분위기 잡기는 좌장의 여반장이었다. 간혹 분기탱천한 회원이 일탈의 훅을 날려보지만 되돌아오는 원투 펀치에 보기 좋게 나가 떨어졌다. KO패를 안고도 재기전은 엄두도 낼 수 없었던 그러한 존엄이었다.

어느 날, 평생직장 퇴임 후에도 관련 회사에서 그 선배를 상사로 모시고 있는 그의 고등학교 후배가 갑자기 가톨릭 교리 특정 부분에 대한 해설을 요청해왔다. "그 어른이 성당에 나가려고 그러시는지……." 하면서. 그 선배의 다음 모임의 대화상대가 자신임을 직감적으로 간파할 수 있었다. 가톨릭 신자로 신학공부를 하던 때였기에 절호의 기회라고 여겼다. 개괄적으로 정리해서 그 후배에게 메일로 보내놓고, 모임 날을 기다리며 세세한 부분까지 깊이 있게 공부를 했다. 전날 저녁에는 마음속으로 리허설까지 했다. 회심의 미소를 삭이면서 회합에 참석했다. 그날 회합은 마치 그 선배와 합의라도 해놓은

것처럼 예상대로 착착 진행되었다. 질문하는 선배의 안색을 살펴가며 느긋하게, 거꾸로 더 깊게, 더 깊게 파고들었다. 마치 파리 잡는데 떡메를 잡듯이, 참새 잡는데 대포에 실탄을 장전하듯이. 동석한 십여 명 선배 회원들의 눈빛 응원을 한몸에 받았다. 환호를 받고 있는 선수처럼 힘이 솟았다. 나선 김에 고양이 목에 방울까지 달기로 마음을 굳혔다.

"선배님! 바쁘셔서 준비를 못 하셨는가 본데, 한명만 하시면 다음부터는 차질 없이 제가 대신 '대화 자료'를 준비를 해 오도록 하겠습니다."

갑자기 조용해졌다.

"……."

침묵이 흘렀다.

"싱거운 친구!……."

말과 표정이 사뭇 다르다.

"……."

또 침묵이 흘렀다.

모임의 총무가 박수를 치면서 주의를 모아 공지사항을 발표하면서 침묵이 깨졌다.

그로부터 방울이 달린 고양이는 쥐를 잡지 못했다. 훗날 쥐를 잡지 못한 고양이는 배가 고파서 다른 쥐를 찾아 떠나갔다.

스마트폰이 보편화되면서 시비나 다툼이 현저하게 줄었다고들 입을 모은다. 하나의 해답을 두고 동료나 친구 사이에 벌어졌던 수많은 갑론을박, 시빗거리가 서서히 사라질 전망이다. 사실의 부정확한 설파나 어설픈 주장은 이제 "저는 무식쟁입니다."라는 자기 고백의 코스가 되어버렸다. 스마트폰, 이 시대의 위대한 스승의 자리를 꿰찼다. 그리고 보면 아는 척, 똑똑한 척 하면서 아날로그 세상을 주름잡았던 이들에겐 필시 감내하기 어려운 새로운 세상이 열린 것이다.

"정답은 주머니에 있다."　　　　　　　　　　－《선수필》(2017. 겨울)

소통疏通

"우리 강새이, 우리 똥강새이!"

서울 둘째 손자 성원이를 반갑게 끌어당겨 어르는 할머니의 감탄사다. 주말만 되면 대구 할머니 집에 가자고 보챈다는 녀석은 필시 같이 놀아주고, 오냐오냐 뭐든지 다 받아주는 할머니의 공로일 것이다. 어쩌면 할아버지가 주는 용돈도 한 몫을 했을 듯도 싶다.

서재의 컴퓨터 사용권도, 거실의 텔레비전의 채널 선택권도 그 녀석의 독차지다. 온 가족이 큰 식탁에 둘러앉아 맛있는 특식을 나누는 식사 시간엔 늘 상전이 된다. 식사 시간에 주거니 받거니 하는 대화는 그 녀석으로부터 시작된다.

수년 전 아내의 생일에 즈음하여 아들네와 함께한 아침 식사 시간이었다. 성원이와 성원이 아버지, 할아버지와 할머니, 외증조할머니까지 모처럼 4대가 한 식탁에 앉았다.

"성원아! 우진이 형 빨리 나오라고 해."

아침상을 차리던 어머니가 성원이에게 툭 던지는 말이다.

"형아, 밥 먹으러 빨리 와! 엄마 엄청 화났거든."

보조의자에 기댄 성원이가 건넛방에 있는 형에게 만지작거리던 휴대폰으로 전화를 건다. 새로운 소통방식이다. 식탁에 앉은 모두가 눈을 맞춰가며 웃는다.

"요즘 회식할 때 받은 술잔 제때 되돌려주지 않으면 휴대폰으로 독촉받습니다."

아버지가 한마디 거들었다. 달라진 세태를 말하고 싶었던가.

"60년대 대통령선거 때 박정희 후보 수성천 유세가 있었제. 단체로 동원(?)되었다가 오십 만 인파속에 일행들이 섞여버리니 도대체 찾을 수가 없더라고. 도시락 담당은 일행을 찾느라고 헤집고 다녀서, 일행은 뿔뿔이 흩어져버려서 모두 쫄쫄 굶은 채로 따로따로 회사에 돌아갔구먼."

할아버지가 반세기 전의 생뚱맞은 기억을 더듬는다.

할머니는 어릴 적 미아가 되었던 일을 떠올리며

"엄마! 나 꼬맹이 때 영천장에 데리고 갔다가 잃어버렸던 거 생각나요?"

"그걸 어째 잊어뿌겠노. 용케도 마실 사람을 만났기에 돌아왔제. 생각만 해도 뼈가 녹제."

왕할머니 아픈 기억을 쓰다듬는다.

"80년대 직장의 책임자급 간부들에게 무선호출기가 나왔지. 그게 올가미인 줄도 모르고 자랑스럽게 허리끈에 차고 다녔지. 언젠가 골프 치다가 삐삐거리는 상사의 호출신호 받고, 휴일에 무슨 긴급한 호출인가 싶어 운동 중에 헐레벌떡 그늘집으로 달려가 전화통화를 했더니, 그게 친구가 벌인 만우절 장난이더라고. 울화통이 터졌던 일이라 잊히질 않는구먼."

할아버지는 화났던 일도 지내고 보니 귀한 추억인가보다.

어머니 자리에 앉으면서 대화에 끼어든다.

"지난주 설악산 울산바위에서 정동진에 있던 제 친구와 휴대폰으로 연락하여 강릉 경포대에서 만나 점심 함께 나누고 돌아왔잖아요. 어디 그뿐입니까. 언제 어디서나 자유자재로 연락하고 휴대폰에 동기회 단체 대화방 열어서 지지고 볶고 합니다."

"할머니, 천국이 따로 없지요?"

아버지도 거든다.

"멀지 않아, 사람과 사람의 소통을 뛰어넘어 인공지능 감성로봇의 지원을 받는 새로운 소통방식이 이루어질 것이라고 합니다. 할머니"

"앞으로 우째 될랑고?"

왕할머니는 세상 참 좋아졌다는 생각이 들지만 무슨 말인지 도대체 어렵다.

성원이 어른들 이야기가 재미없다.

"형아, 빨리 먹고 게임하자! 응?"

식탁에서의 대화는 가족을 가족이게 한다. 이같이 성원이로부터 물꼬를 튼 식탁에서의 대화는 '소통疏通'이었다.

소통을 생각한다. 연기, 횃불로 신호하는 봉화대의 봉화, 유선통신, 무선통신, 아날로그에서 디지털로의 소통방식의 혁신은 현재도, 미래도 진행형이다. 소통방식의 혁신은 그만큼 신속하고 정확하고 안전하게 소통할 수 있는 새로운 세상을 만들어간다. 하지만 마음을 관통하는 내용의 소통은 소통방식과는 별개이다. 소통방식은 내용을 소통하는 수단일 따름이기에 그렇다. 소통방식의 혁신 못지않게 내용의 소통이 중요하다고 여겨짐은 왜일까. 소통의 이상적 수준이 '가족과 같은 소통'이기 때문이리라.

– 2014년 8월

쿼바디스 도미네

사십 년에 이르는 신앙의 길은 평평한 곧은길만 아니었다. 오르막에서 힘들어할 때도 있었고, 내리막에서 자만할 때도 있었다. 오르막에선 포기의 유혹이 따라붙었고, 내리막에선 스스로의 능력에 도취했었다. 그런가 하면 무료한 평지에선 심드렁한 마음이 머리가 배워놓은 길을 마다하여 방황하기도 하였다.

나는 신앙의 길에서 가끔 영화 《쿼바디스》의 "쿼바디스 도미네"라던 시몬 베드로의 모습을 떠올리며 그 목소리를 듣는다. '쿼바디스 도미네'는 '주님 어디로 가십니까?'라는 말이다. 로마군에게 잡히지 않으려고 로마를 떠나 도망 길에 올랐던 시몬 베드로가 환영幻影으로 만난 예수님께 "쿼바디스 도미네"라고 울가망한 목소리로 여쭙는다. 돌아온 예수님의 대답은 "십자가에 다시 못 박히러 로마로 간다."

였다. 예수님의 이 한마디에 시몬 베드로는 정신이 번쩍 들었다.

스승님을 십자가에 두 번씩이나 죽일 수 없다는 생각은 도망자의 발걸음을 순교자의 발걸음으로 돌려놓았다. 발길을 거꾸로 로마로 돌려서 붙잡히고, 스승님이 받은 십자가형도 과분하다는 생각에서 거꾸로 달리는 역십자가형逆十字架刑을 자청하여 순교에 이르렀다.

우리가 살아간다는 것은 결국 길을 가는 것이다. 갈 수 있는 길이 있고, 갈 수 없는 길이 있다. 가야만 하는 길이 있고, 가서는 안 될 길이 있다. 사람답게 사는 길이 있는가 하면, 동물처럼 사는 길이 있다. 갈 수 있는 길, 가야만 하는 길, 사람답게 사는 길에서 각자의 길을 찾아야 함은 불문가지이다. 시몬 베드로의 '주님 어디로 가십니까?'가 아니라 '주님 어디로 가야 합니까?'라는 각자의 물음에서 길을 찾을 수 있으리라.

누구나 제 길을 간다. 저마다 가고 싶은 길, 가야만 하는 길이 따로 있다. 시몬 베드로의 피난길이 가는 길이자 가고 싶은 길이었다면, 로마를 향한 순교의 길은 예수님을 만나서 알게 된 가야만 했던 길이었다.

누구나 가고 있는 길이 가고 싶은 길인지, 가야만 하는 길인지 신앙의 길에서 묻고 또 물을 일이다. "주님 어디로 가야 합니까?"라고.

－《대구가톨릭문학》(제27호, 2017)

링반데룽

"끊어 버립니다.", "끊어 버립니다.", "끊어 버립니다."

세례사제의 물음에 죄도, 악의 유혹도, 마귀도 단칼에 날려버릴 듯이 소리 높여 서약하였다. 서른다섯 해 전의 일이지만 '세례洗禮'의 감격은 새 삶으로의 강고한 다짐이었다.

하지만 '주님의 지체'로 새로이 태어났다는 감흥이 서서히 사라지면서부터 권리보다 의무가, 기쁨보다 부담이 믿음의 길에서 앞장을 섰다. 세상의 경쟁에서 낙오되지 않으려고 세상의 잣대로 치열하게 살다가 보니 때때로 주님을 잊고, 멀리하고, 모른 체하고, 심지어 적당히 타협하기도 했다. 길 잃은 산악인의 링반데룽같이 헤매기도 했다.

124

그런 가운데도 믿음의 길에서 놓지 않으려고 애썼던 것이 하나 있다. "그러므로 남이 너희에게 해 주기를 바라는 그대로 너희도 남에게 해 주어라."(마태7,12)라는 황금률이다. 율법과 예언서의 정신인 이 황금률마저도 '착하게 살기'로 변용되어 신자가 지킬 기본인 것처럼 여겨온 그 정도였지만 말이다.

십여 년 전, 속은 비었고 겉만 그럴듯했던 무늬신자인 나에게 회심回心의 기회가 주어졌다. 평생직장에서 지상의 목표로 키워왔던 개인적인 꿈이 외부환경의 변화로 좌절되면서 쓰임의 역사役事를 믿게 되면서부터였다. 회심은 나의 빈속을 신심信心으로 채우자는 다짐으로 이어졌고, 그 신심은 성경 말씀과 신학을 아는 만큼 깊어지리라는 믿음과 소망으로 바뀌었다.

우선 성경을 완독해보자. 시험공부 하듯이 성경 공부를 해보자. 그렇게 해서 두 번을 완독한 2년의 성경 공부는 부족함을 깨닫는 과정일 뿐이었다. 이어진 선교사과정의 신학 공부마저도 과학의 눈이 앞장선 끝없는 의문에 대한 해답 찾기였다.

그런 가운데도 나의 빈속이 조금씩 채워지면서 "나는 길이요, 진리요, 생명이다. 나를 통하지 않고서는 아무도 아버지께 갈 수 없다"(요한14,6)는 복음 말씀에 필이 꽂혔다. '예수님을 통한다.'는 게 뭘 의미하는 걸까. 우리가 미사에 참여하고, 말씀을 듣고, 말씀을 실천하는 이유가 예수님과 하나 되기 위함일 것이다. 예수님과 하나

된다는 것의 전제는 예수님과 함께 십자가에 못 박혀 죽어야 하고, 내 안에 예수님이 함께 사시는 것이라는 믿음이었다. 이로써 "나는 그리스도와 함께 십자가에 못 박혔습니다. 이제는 내가 사는 것이 아니라 그리스도께서 내 안에 사시는 것입니다."(갈라디아서2,20)라는 말씀이 '예수님을 통한다.'의 해답으로 다가왔다.

그로부터 "이제는 내가 사는 것이 아니라 그리스도께서 내 안에 사시는 것입니다."를 내가 가야 할 외길, 믿음의 길로 믿는다. 하지만 현실은 이 믿음과 딴판이다. 도돌이표다. 길 잃은 등산객이 헤매듯이 믿음의 길과 세상의 길을 오가며 그렇게 살아간다. 실천하지 못하는 허약한 믿음으로서.

주님! 믿음의 길에서 주님을 잊고, 멀리하고, 모른 체하고, 적당히 타협하려 드는 저를 용서하시고 항상 일깨워주소서. 아멘

* 링반데룽: 등산가가 방향감각을 잃고 출발했던 지점으로 다시 돌아오는 현상

(2015.2,재의 수요일)

다윈의 깃발

텔레비전에서 국제뉴스가 흘러나온다. G-2 수장의 연설장면을 연이어 내보내면서 뉴스의 긴박성과 생동감을 증폭시키고 있다. 지구촌은 온통 군사위협, 관세장벽, 금융제재 등 생존경쟁의 전쟁터다. 패거리 짓기, 줄 세우기, 서열 정하기는 세계화로부터 더욱 강고해진 지구촌의 적자생존의 조건이자 환경이다. 이러한 뉴스를 접하면서 더러 다윈의 깃발을 본다. 국제환경에서의 강자에게서 보는 사회적 다윈주의 깃발 말이다.

상반된 과학이론 중 어금버금한 것은 아마도 창조론과 진화론일 것이다. 천동설과 지동설만큼이나 상반된 과학이다. 일찍이 지동설이 우주질서로 자리 잡기까지 코페르니쿠스, 조르다노 브루노, 갈릴레오 갈릴레이가 있었다면 진화론에는 찰스 다윈이 있었다. 지동설이 목숨을 내 건 모험적 과학이었던 것과 마찬가지로 창조주의 피조물을 부정하는 진화론 역시 위험천만한 주장이었다.

다윈은 20대에 탐험에 나서 갈라파고스 군도 등 여러 곳을 여행한 후 '다양한 변이를 가진 개체들 사이에는 새로운 종이 탄생한다.'는 자연선택을 알게 되었다. 16세기의 지동설처럼 19세기의 진화론 역시 반성경적이었다. 그래서 이십여 년을 미뤄오다가 1859년 《종의 기원》으로 발표하였다. "지구에서 살아남은 종은 가장 강한 종도 아니고, 가장 지적인 종도 아닌 환경변화에 가장 잘 적응하는 종이다."라고. 그의 이론은 생물학의 발전에 힘입어 보완되었고, 화석에서부터 유전적 증거까지 진화과정을 거증하게 되면서 생명과학의 기본으로 자리 잡았다. 학교에서 가르치고 배우는 과학으로서.

진화론의 생명과학과 상대적인 창조론의 창조과학도 현재진행형이다. 생명과학 진화론의 문제는 사실인즉 '믿을 교리' 창조론의 창조과학이 아니라 사회적 다윈주의로의 발전, 바로 진화론의 진화가 더 큰 문제였다. 허버트 스펜서를 비롯한 사회 사상가들이 다윈의 생물학적 생존경쟁을 정치, 경제, 사회, 문화 등 모든 분야로 확대시킨 것이다. '생존경쟁'과 '적자생존'을 '경쟁'과 '진보'라는 개념으로 적용시킨 것이다.

인종차별주의나 파시즘, 나치즘을 옹호하는 근거와 신자유주의의 경제적 약육강식 논리가 그것들이다. 다윈의 진화론을 국가에 적용해 "국가도 다른 유기체와 마찬가지로 충분히 먹고, 자고, 숨 쉴 수 있는 공간이 있어야 끊임없이 진화하고 발전할 수 있다."는 히틀러의 생활권(레벤스라움) 주장이 대표적인 사회적 다원주의 발상이다. 서구인들이 제국주의, 군국주의, 민족주의, 인종차별, 문화차별을 양심의 가책 없이 시행할 수 있었다. 우수한 인종이 열등한 인종을 착취하는 것을 너무나 당연한 자연의 계율 내지는 질서로 치부하였다.

다윈과 그 후계자들은 자연 상태에서 발생하는 적자생존 경쟁을 인간사회에서 정당화할 수 없으며, 이를 방지하는 것이 문명사회의 목표라고 역설하였다. 하지만 결과는 정반대였다. 생명과학 진화론의 오도된 사회적 다원주의로의 진화가 지난 세기의 가장 큰 불행이었고. 현세기가 당면해야 할 엄중한 생존문제가 되었다.

오늘도 지구촌엔 다윈의 깃발이 펄럭인다. 중동에서, 아프리카에서, 남중국해에서, 한반도에서. 손자병법孫子兵法에 전술 없는 전략은 패배하기 전에 내는 소음이라고 했다. G-2와 같은 전략국가와의 짝짓기, 서열 높이기가 지구촌의 생존 질서이다. 전술국가의 안정과 번영을 담보할 유일무이의 방책으로서의 짝 짓기, 서열 높이기다.'

* G-2(Group of Two): 경제적 측면에서 세계 2위권 국가인 미국과 중화인민공화국을 이르는 말

– 2017년 10월

4
접목

결과가 비록 선택한 자의 몫이지만, 정의로운 편으로의 선택에 따르는 그
들의 목불인견의 희생을 생각하면 육백 년 가까운 세월이 흘러도 풀리지
않는 응어리로 남는다. 구원의 손길에 의해 올림을 받을 것인가. 역사에만
그 책임이 맡겨질 것인가. 후대의 귀감으로 영원히 살아갈 것인가.

— 「비해당과 취금헌을 만나다」에서

몽유도원에 노닐다

　현재와 과거가 공존하는 풍경화 '유몽유도원', 한자로 '遊夢遊桃源'이니 '몽유도원에 노닐다'이다. 노니는 곳이 안평대군의 꿈을 그린 몽유도원도夢遊桃源圖의 도원이다. 유명세가 대단한 안견의 몽유도원도의 도원을 오백 년이 훌쩍 지난 즈음 민정기 화가가 불러들여 붓으로 노닐었다.

　붓으로 노닐었던 몽유도원을 몸으로 노닐고자 인왕산 자락으로 들어선다. '세련된 삼청동 분위기와 옛날 모습의 촌스러움이 고스란히 남아있다'는 부암동 소개말이 앞장을 선다. 무계정사武溪精舍 가는 길, 빛바랜 묵은 정서가 마음자락에 달라붙는다. 직선이 범하지 않은 구불구불한 골목의 시간이 호젓하다. 노송이 허리를 굽혀 담 너머까지 세월의 그늘을 펼쳤고, 몸속에 긴 돌담 하나 다 집어넣은 담쟁이가 사지로 경전을 더듬는다. 무릉도원武陵桃源이라며 지은 안평대군의 무계정사는 터만 남아서 들어서는 쪽문 입구엔 첩지머리 호박비녀 꽂은 능소화가 오가는 바람 편에 슬픈 그리움만 흩날리고 있다.

무릉도원은 '귀거래사'로 이름 높은 동진의 은둔시인 도연명의 '도화원기桃花源記'에 나오는 도원이다. 무릉이라는 고을에 한 어부가 길을 잃어서, 강물에 흩날리는 꽃잎을 보며 강을 거슬러 강 양쪽 언덕의 복숭아 숲을 지나 한 사람이 겨우 통과할 매우 좁은 동굴을 지나고서야 만난 바깥세상과 유리된 별천지다. 며칠을 묵고 돌아오면서 표시까지 해두었지만 길을 잃고 다시 찾을 수 없었다는 것이 도화원기의 골갱이다. 그 별천지는 세속을 떠난 선경이었다. 전설처럼 통했던 1600여 년 전의 얘기는 중독성이 강해서 거짓인 줄 뻔히 알면서도 환상에서 자유롭지 못했다.

길을 잃은 지 일천여 년이 지난 세종 때에 안평대군이 무릉도원에 노니는 꿈을 꿨다. 안평대군의 꿈은 도화원기의 강이 아닌 산길이었고, 무릉의 어부같이 혼자가 아니라 인수(박팽년)와 함께한 둘에다가 정부(최항) 범옹(신숙주) 등이 뒤따랐고, 도원의 어부는 누구의 안내도 받지 못했지만 산관야복을 입은 한 사람의 길 인내를 받았으며, 도원의 은자적인 풍경이 아니라 기암괴석과 수려한 정경은 신선이 노니는 절경이었다.

안평대군은 아침 일찍 도화원의 안견을 수성궁으로 불러 간밤의 꿈 이야기를 들려주고 화폭에 담아오라고 하명하였다. 안평대군의 꿈을 그리고자 하는 안견의 거듭된 구상은 도연명의 '도화원기'에서 깨닫하게 되었다. '무릉도원'에 천착한 결과였으리라. 복사꽃 숲, 오솔길, 폭포, 시냇물, 배, 집, 숲, 산, 기암절벽, 짙은 안개라는 소재가 떠올랐을 것이고, 이들 소재를 어떻게 배치하는가가 꿈을 그리는 문제였을 것이다. 몽유도원도를 보면 안견의 구상과 구도가 대체로 보인다. '먼저 다른 두루마리 그림과는 달리 전부를 펼쳐놓고 왼쪽에서 오른쪽으로 진행하며 보게끔 그린다. 왼쪽의 현실세계에서 오른쪽의 도원의 세계로 나아가게 한다. 도원의 세계가 넓고, 다양하고, 환상적으로 보이도록 왼쪽의 산은 정면에서 본 것으로 나지막하고 부드럽게, 오른쪽의 도원을 둘러싼 기암절벽의 높은 산들은 조감도법으로 높은 곳에서 내려다본 것으로 그린다. 그렇게 하여 왼쪽에서 오른쪽으로 점차 상승하는 운동세로 수직적 요소와 수평적 요소가 대조를 이루게 한다. 몇 무더기 산과 언덕들이 흩어진 듯 어우러져 하나의 총체적인 산수화가 되도록 묘사한다.'는 것이었다고.

　안견은 사흘 만에 그려 바쳤다. 그것이 몽유도원도다. 도화원 정4품 호군에까지 오른 안견은 국제적 작품수집가였던 안평대군의 도움으로 높은 경지의 화풍을 앉아서 섭렵할 수 있었고, 나아가 독특한 화풍을 개척할 수 있었다. 구름처럼 몽실몽실한 산세 표현 운두준雲頭皴과 게 발톱처럼 뾰족한 나뭇가지 표현 해조묘蟹爪描를 몽유도원도에 적용하였다. 이곽파의 특징이다. 안견이 이곽파 화풍의 궁중화가로 불리는 것도 이 때문이다.

자신의 꿈 그림을 훗날 '몽유도원도'라고 명명한 안평대군은 몽유도원도와 흡사한 이곳 인왕산 자락에 그의 사교장이 되었던 무계정사를 지었다. 바로 여기 부암동付岩洞이다. 산등성이까지 사람들의 손이 닿았어도 절경은 절경이다. 유몽유도원은 도화원기의 도원이 낳은 몽유도원도의 도원을 민정기 화가가 이곳에서 되찾아 세상으로 불러낸 것이다.

동양화의 산이나 바위의 질감을 드러내기 위한 부벽준斧劈皴을 의도적 덧붓질과 긁어내는 기법으로 수묵화의 '몽유도원도'를 유화의 '유몽유도원'으로 되살려냈으며, '몽유도원도'의 텅 비어있던 도원에 사람을 그려 넣고, 주택과 도로 등 우리가 사는 현실세계를 그려 넣었다. 도화원기-몽유도원도-유몽유도원, 도연명-안견-민정기로 이어지는 이상향의 갈구를 창작코자 하였던가. 아마도 존재하지 않는 이상향이 아니라 사람이 사는 현실세계에 도원이 있다고 말하고 싶었던 것일 듯싶다.

노량으로 한 걸음, 두 걸음 백사실계곡의 원림으로 드는데 '백석동천白石洞天'을 각자한 바위가 말을 건네 온다.

"무릉도원은 '지금, 여기'에 있느니라."고.

-《수필과지성》초대수필(제12호, 2019)

같으면서도 다른

- 동주 만나러 갔다가 몽규 만났다

교토 도시샤대학 캠퍼스 한쪽 귀퉁이에 자리한 윤동주 시비詩碑 앞에 섰다. 22년 전 도시샤코리아동창회에서 건립했다는 자그마한 시비다. 시인 탄생 100주년을 기리는 마음들을 꽃다발로 엮어 올린다.

'죽는 날까지 하늘을 우러러 한 점 부끄럼 없기를 잎새에 이르는 바람에도 나는 괴로워했다.'는 해맑은 영혼의 기표다. 이름도, 말도, 꿈도 빼앗긴 깜깜한 암흑의 시대에서 여명을 바라보고 써 내려갔을 주옥같은 시다. 25년이란 푸른 생애가 아직도 시리고 아프다. 어루만져본다. 감성의 자락이 저미어온다.

윤동주는 이육사나 이상화 같은 저항시인이 아니었다. 독립투쟁에 나선 열혈청년도 아니었다. 유학 수속을 위해 연희전문학교에 히

라누마 도오쥬우平沼東柱라고 창씨계創氏屆를 낸 후 나흘 만에 「참회록」을 썼던 내향적인 청년이었다. 자기를 성찰하고 괴로워한 실존시인이었다. 그렇다고 생전에 유명 시인도 아니었다. 연희전문학교를 졸업하고 『하늘과 바람과 별과 시』란 표제로 그동안 쓴 19편의 시로 77부 한정판 시집을 출간하려 했으나 일제 검열을 받기 어려워 필사본 3권을 쓴 것으로 그쳤다. 오직 그가 남긴 백여 편의 시가 오늘의 동주를 있게 한 모태였다. 그의 시는 진실한 자기 성찰을 바탕으로 순수하고 참다운 인간 본성을 일깨워주기 때문이다.

시인 윤동주를 생각하노라면 신기하리만치 또 다른 아픔인 송몽규를 떠올린다. 필시 지난해 동주를 보려고 영화 〈동주〉를 보러 갔다가 몽규를 발견하고 돌아온 후부터였을 것이다. 엄청 큰 무게감으로 다가왔고, 캐릭터가 동주의 그것보다 훨씬 매력적이었기 때문일 듯싶다.

동주와 몽규를 갈마보면 '같다'라는 말들로 그득하다. 두 사람은 내외종 사촌지간으로 같은 해, 같은 집에서 태어났다. 명동소학교를 같이 입학하여 같이 졸업하였다. 용정 은진중학교에 같이 진학하여 3학년까지 같이 수학하였다. 훗날 연희전문학교에 같이 입학하여 같이 졸업하였다. 같은 해 같이 교토제국대학에 응시하여 몽규만 합격하고 동주는 도쿄 릿쿄대학에 입학하였다. 이듬 동주가 도시샤대학 영문과로 전학해 옴으로써 '재교토 조선인학생 민족주의 그룹사건'

으로 체포되기까지 교토라는 공간에서 9개월여를 같이 지냈다. 같이 징역 2년씩을 선고받고 같이 후쿠오카형무소에서 복역 중 같이 옥사하였다.

몽규는 은진중학교 재학 시절 애국지사 명희조 선생의 영향을 크게 받았다. 의분 강개한 열혈소년으로 다져졌다. 열여덟 나이에 4학년 진급을 포기하고 혈혈단신 중국으로 건너갔다. 백범 김구 선생이 운영하던 남경 낙양군관학교에 입학하여 독립운동 행동대원의 길에 들었다. 당시 왕위지, 송한범, 고문해는 몽규의 가명들이다. 산동성 제남에서 일본 경찰에 체포되어 구금과 주거 제한을 받았다. 그 후 연희전문학교를 거쳐 일본 교토로 유학을 가서도 위험인물, 즉 요시찰인물의 꼬리표가 따라붙었다. 독립운동 전과가 있는 송몽규의 일거수일투족은 사찰 대상이었다. 동주의 교토 도시샤대학으로의 전학은 '송몽규'라는 '요시찰 위험공간'으로 스스로 찾아 들어간 부나비의 날갯짓과 다름 아니었다.

몽규도 문학청년이었다. 동주와 더불어 명동소학교 4학년 때부터 경성에서 발간하던 《어린이》, 《아이생활》을 받아보면서 문학의 꿈을 키웠다. 5학년 때는 더불어서 등사잡지 《새명동》을 만들었다. 은진중학교 재학 중 송한범이란 아명으로 꽁트 「술가락」이 동아일보 신춘문예에 당선되어 문단에 데뷔하였다. 연희전문학교 문과에 재학 중 조선일보에 발표한 시 「밤[夜]」으로 참담한 시대 상황 속에서도 결

코 무릎 꿇지 않겠다는 그의 의지를 드러내기도 했다. 4학년 때에는 학생회 문예부장으로 활동하면서 잡지《문우》의 편집을 맡기도 하였다. 그래서 독립투사로 더 알려진 송몽규의 용정 묘비 비문이 '청년문사송몽규지묘靑年文士宋夢奎之墓'이다.

'준비행위'도 검거가 가능했던 개정된 치안유지법, 누구라도 범죄자로 만들 수 있었던 악법이 그들을 옭아매어 끝내는 목숨까지 앗아갔다. 재일유학생에 대한 일제의 탄압으로 억울하게 희생되었다는 것이 당시의 중론이었다. 하지만 송몽규 유족의 믿음은 독립운동에 의한 순국이었다. '증거'라는 한마디에 송몽규 유족의 주장은 삼십여 년을 겉돌았다. 유족의 끈질긴 노력은 1977년 10월에 일제 내무성 성보국의 극비문서 〈특고월보〉에 실린 송몽규, 윤동주 심문기록을 입수하기에 이르렀다. 1979년 1월에는 일제 사법성 형사국 극비문서 〈사상월보〉에 실린 송몽규에 대한 판결문과 관련자 처분결과 일람표에 의한 형량과 혐의가 확인되었다. 1982년 8월에는 교토지방 재판소의 판결문 사본에 의해 송몽규와 윤동주의 체포와 재판에 대한 전모가 밝혀졌다. 이들에 근거하여 각각 건국훈장이 추서되고 윤동주는 민족 시인으로, 송몽규는 독립투사로 추앙받기에 이르렀다.

동주는 몽규로 인하여 일제가 만든 사건에 엮여들었지만, 그로 인하여 민족 시인으로 우뚝 섰다. 하지만 동주와 같이 문학적 재능을 발휘하고 조국독립을 위해 몸을 던졌던 몽규는 동주에 가려져 있었다. 그러다가 이준익 감독의 영화 〈동주〉를 계기로 새롭게 조명되면서, 파고들면 파고들수록 숭경의 크기를 점점 더 키워가는 몽규의 진면목이 드러났다. 동주를 만나러 교토의 윤동주시비를 찾았다가 몽규를 만나고 돌아가는 것도 어쩌면 미처 그를 알아주지 못했던 공의의 채무감 같은 것인지도 모를 일이다.

도시샤대학을 나서면서 같은 시공간에서, 같은 처지에서 엄청 다른 모습으로 살았을 두 청년과 마주한다. 고뇌에 찬 내면적인 인간형 동주와 실천적인 인간형 몽규, 시인을 꿈꾸던 동주와 조국독립이라는 신념을 위해 거침없이 행동한 몽규를. 혈연에다 가장 가까운 친구이면서도 필시 서로가 넘기 힘들었던 경쟁자였으리라. 시너지의 덧셈경쟁으로 말이다.　　　　　　　　　　－《달구벌수필》(제14호,2018)

공묘 비감孔廟 悲感

자동차, 케이블카, 계단으로 옥황봉에 올랐다. 깨어진 '태산의 태산 같았던 기대'를 달래며 도착한 곳이 공묘다. 곡부의 공묘는 북경의 자금성, 승덕의 피서산장과 더불어 중국의 3대 건축물로 꼽힌다. 황제의 컬러인 황색 기와를 얹고 주홍색의 외벽이 공묘를 둘러싸 주위의 푸른 측백나무 숲과 대조를 이루어 짙은 인상을 풍긴다.

공자 사후 2년이 되던 기원전 477년에 노나라 애왕이 공자의 집을 묘廟로 삼았다. 그 후 철거되고 재건되고, 파괴되고 재건되고, 소실되고 재건되어 현재에 이르기까지 황제들의 공자에 대한 예우가 보태지고 보태져서 황궁 수준에 이르렀다는 기록이다.

공묘의 첫 번째 대문격인 패방 금성옥진金聲玉振에 걸음을 멈춘다.

금성옥진은 맹자에 나오는 말로 '쇠로 종을 치는 것이 제례악의 시작이고, 옥으로 경을 치는 것이 끝이다.'라는 의미다. '공자가 학문의 시작과 끝을 하나로 집대성했다.'는 것을 새기고 발걸음을 들이라는 무언의 압력 같았다.

황궐이 아닌 황궐에, 황제가 아닌 황제를 알현한다는 생각으로 굴신의 다섯 겹 문턱을 넘는다. 12명의 황제가 직접 찾아와 제사를 지냈고, 1백여 명의 황제가 196회 이상 대리인을 보내 제례를 올렸다는 2천여 년 중국 역사의 기록에서 공자의 위상을 짐작함 직하다.

이러한 공자의 위상은 공자공덕비 앞에서 여지없이 무너졌다. "360여 년 전, 7백km 거리 북경에 있던 65톤의 바위를 말 2백여 필, 2천여 명의 인부가 동원되어 7년에 걸쳐 옮겨와 건립한 대역사입니다. 귀부龜趺의 머리는 용, 손은 독수리, 등은 거북, 꼬리는 뱀으로 용의 6번째 아들 비희贔屓를 본떴습니다."라는 안내자의 설명은 동강 난 비석 조각들의 시멘트 땜질에서 공허한 메아리로 들렸다

핏발선 홍위병들의 군화 소리, 닥치는 대로 짓부수는 해머 소리가 지축을 흔들었던 집단난동의 현장이다. 2천년 넘게 지성至聖의 반열에 있었던 공자가 무차별로 몽둥이질 당했다고 생각해보면 중국의 불확실한 미래를 보는 듯해서 섬뜩하기까지 하다. 어릴 적 명심보감을 읽으면서부터 익혔던 공자에 대한 존엄, 살아오면서 DNA로 체감해온 생활종교 유교에 대한 가치관이 뒤흔들렸다

역사 안에서 공자는 죽을 고비를 겪었고, 초죽음을 당했다. 기원전 5세기 추종자였던 묵자의 공격이 첫 번째였다. 공자의 인仁이 평민과 노비를 사랑의 대상에서 제외시킨 차별애差別愛요, 유학이 부담스러운 의례를 지나치게 강조한다는 이유였다. 서책을 불태우고 유생들을 생매장한 진시황제의 유학파 말살 사건이 두 번째였다. 통일된 진나라의 초석을 놓으면서 사사건건 시비를 걸어오는 강고한 유학자 집단을 그냥 내버려둘 수는 없다고 여겼기 때문이다.

홍위병들의 공묘 파괴는 세 번째 수난이다. 1966년 문화대혁명, 1973년 제10차 공산당대회에서 공자를 몰락한 노예 소유 귀족의 대표인물로 격하하면서 비롯되었다. 아편전쟁, 난징조약, 일본의 침략과 난징대학살 등 서구열강의 침탈에다 메이지유신 이후 열강으로 성장한 일본에 대한 열패감과 중화사상에 도취되어 살아왔던 중국인들의 자괴감이 유학이라는 기존 문화와 그 시조인 공자에 대한 공격으로 이어진 것이다.

이렇게 공자의 나라 중국에서 공자를 죽였다. 한자의 문화권 일본과 베트남에선 사회발전을 가로막는다는 이유로 벌써 공자를 죽였다. 중국의 유학을 받아들여 '유교'라는 생활종교로까지 발전시켜온 우리나라에만 공자가 살아있다. 그 공자를 두고 살려야 나라가 사느니, 죽여야 나라가 사느니 양론이 일었다. 타락해가는 세상을 살릴 길은 공자의 유학밖에 없다는 주장이 살리자는 논리이고, 규범화된 충효, 남존여비사상, 혈연의 폐쇄성, 권위적이고 위선적인 장유유서, 죽은 자에 대한 과도한 섬김, 토론 부재의 가부장 의식 등이 죽이자는 논리이다.

그런데 이처럼 죽여야 할 거창한 죄목들은 실체적 진실과는 딴판인 듯싶다. 이들의 죄목들을 하나하나 짚어보면, 변화된 제도와 바뀌어버린 현대문화에서 어느 하나도 제대로 남아있는 것이 없다고 여겨지기 때문이다. 구호에 목을 맨 충효, 양성평등시대, 핵가족화, 어른을 우습게 보는 사회풍조, 제례의 형식화, 능력으로 대체된 가장의 권위 등에서 말이다.

억불숭유의 오백 년 조선 통치의 결과물이 우리나라 유교의 현주소다. 설사 공자가 죽어 마땅하더라도 공자를 떠받들어 남긴 역사적 행적은 우리 국민의 행업으로 말미암은 업과이다. 유교의 덕목인 충, 효, 예는 살려나가고 진화하는 문화 안에 장애요소들은 하나하나 제거해 나가는 것, 이것이 정해라고 믿어본다.

경제 대국화한 중국이 북경올림픽을 기점으로 그들의 중국을 알리는 수단으로 공자를 부쩍 앞세운다. 내가 찾은 공묘는 죽였던 공자를 다시 살리려는 수술병동이다. 역사의 아이러니다.

－《한국수필》(제260호, 2016.10)

조르다노 브루노를 만나다

로마 나보나 광장 남쪽에 위치한 캄포 데 피오리Campo de Fiori에 들어섰다. 직사각형 광장에 외로이 선 동상 하나가 오가는 이들의 시선을 붙잡는다. 조르다노 브루노다. 검은 후드를 쓴 채 외롭게 서 있다.

조르다노 브루노, 1600년 2월 17일 입에 재갈이 물리고 발가벗겨진 채 활활 타오르는 장작더미에 던져져 불꽃으로 산화한 사형수다. 그가 화형당한 후 3세기나 지나 '꽃의 들판' 그 자리에 『레미제라블』의 빅토르 위고, 『인형의 집』의 헨리크 입센, 무정부주의자 미하일 바쿠닌 등이 사상의 자유를 위해 순교한 그를 기리기 위해 동상을 세웠다. "그대가 불에 태워짐으로써 그 시대가 성스러워졌노라."라는 비문이 브루노의 오늘을 설명하는 압권이었다.

브루노는 나폴리왕국 놀다 출생으로 나폴리에서 고전문학과 논리학을 공부하였고, 17세에 이탈리아 도미니크 수도회에 입교해서 24세에 사제 서품을 받았다. 아리우스파 이단학설을 탐구하고 코페르니쿠스의 『천구의 회전에 대하여』에 심취함으로써 문제가 야기되자 28세에 로마로 피신하였다. 뒤에 칼뱅주의로 개종했지만 역시 비관용적이라는 사실 때문에 신교마저 떠났다. 이단으로 피소되어 이탈리아 베네치아에서 체포될 때까지 프랑스 영국 스위스 등을 주유하며 자신의 우주론과 신학이론을 펼쳤다.

브루노 시대는 종교개혁으로 신·구교가 종교이념과 권력을 두고 전쟁을 치르던 시기였다. 르네상스의 종교적 활개는 물론 종교적 관용마저 사라져버렸다. 신성 모독, 비윤리적 행동, 교리에 대한 이단적 해석, 철학과 우주론에 대한 이론이 브루노에 붙여진 죄목이었다. 하지만 거창한 죄목과는 달리 내용적으론 "그리스도가 실제로는 신이 아니라 피조물이다."라는 아리우스주의였다. 아리우스주의가 삼위일체 부정, 그리스도 신성 부정, 마리아 처녀성 부정이고 보면 신정국가의 율법으론 용서의 대상이 아니었을 것이다. 13세기 토마스 아퀴나스에 의해 기독교 신학에 편입된 아리스토텔레스의 자연철학은 신학의 권위를 가졌다. 그 권위에 도전하는 코페르니쿠스의 지동설을 들고 나섰으니 그 또한 이단일뿐더러, 그것도 넘어선 무한우주론이야말로 선을 넘어도 보통 넘어선 게 아니었으리라.

산탄젤로성에 갇혀있는 8년 동안 그의 주장을 포기시키려는 고문이 스물두 차례나 이어졌다고 한다. 발가벗겨 거꾸로 매달고, 죽을 때까지 자기주장을 펼치지 못하도록 혀에 못을 박고 입천장을 뚫어 재갈을 물렸다. 그럼에도 불구하고 '미래세대가 거부할 수 없는 무엇이 내 안에 존재한다.'며 진리 앞에 흔들림이 없었다. "말뚝에 묶여있는 나보다 나를 묶고 불을 붙이려 하고 있는 당신들이 더 공포에 떨고 있구려."라는 유언에서 그의 '역사적 승리의 확신'을 느낄 수 있다. 정교분리와 사상의 자유라는 일방적 승리가 역사였으니 말이다. 죽음도 불사하며 사상의 자유를 지킨 브루노는 일찍이 없었던 또 다른 예언자였다는 생각을 지울 수 없다.

파도바대학 수학교사 임용에서 브루노를 제친 열여섯 살 연하의 갈릴레오 갈릴레이는 자기가 만든 32배율 망원경으로 우주의 별을 관찰하여 자기 눈으로 지동설을 확인하였다. 그럼에도 브루노와 달리 심문 재판관 앞에서 "맹세코 포기하며, 저주하고 혐오한다."고 선언함으로써 학자의 양심을 버렸다. 지식만 가진 기독교인 갈릴레이는 지식을 포기함으로써 목숨을 구했다. 거꾸로 신앙을 가진 탈기독교인 브루노는 신앙을 포기하지 않음으로써 순교하였다. 그의 신앙은 과학이고, 진리이고, 사상의 자유였다.

브루노가 죽은 1세기 뒤 아이작 뉴턴은 영국여왕으로부터 만인의 존경을 받는 기사작위를 받았다. 『우주와 세계들의 무한성에 관하여

』로 무한 우주를 설파했다가 죽음을 당한 브루노와 『자연철학의 수학적 원리』로 근대과학을 출범시킨 아이작 뉴턴의 연결점, 아마도 그 1세기가 근대과학의 태동기라는 생각이 든다. 과학자가 아닌, 천문학자가 아닌 사상가 브루노가 말한 '무한 우주계'를 오늘날 수많은 후대 과학도들이 과학으로 공부하고 연구하고 있다. 이 얼마나 대단한 발견이며 예언인가.

브루노가 산화한 '꽃의 들판'에 광장이 들어서고 붙어서 과일시장과 꽃시장이 열렸다. 라엘리안들이 꽃시장의 꽃을 사서 브루노에게 헌화한다.

교황청 쪽을 바라보고 서 있는 브루노의 입이 굳게 닫혀 있다. 재갈을 물려서인가, 사면을 받지 못한 죄인이어서인가, 회개를 기다리는 건가.

－《대구의 수필》(제14호, 2018)

148

모르쇠 괴물

         3·1운동 100주년 기념 '해외 톺아보기'에 나선 우리 문학인 일행은 상해의 임시정부청사, 만국공원, 홍구공원과 항주의 임시정부청사를 거쳐서 남경의 남경대학살기념관에 닿았다. 기념관 명칭이 우리들이 알고 있었던 남경대학살기념관南京大虐殺紀念館이 아니라 남경대도살기념관南京大屠殺紀念館이다. 사람을 참혹하게 마구 죽인 '학살虐殺'이 아니라, 짐승을 마구 죽이듯이 죽인 집단 '도살屠殺'이었다는 거증이다.

  홀로코스트가 하인리히 히틀러에 의한 유대인, 슬라브족, 집시에 대한 대규모 집단처형이었다면 동양의 홀로코스트라 일컫는 남경대학살은 중일전쟁을 일으킨 일본이 중국인 포로와 민간인에 대한 집단학살이었다. 13억 인민의 생생한 교육장답게 관람객이 물밀 듯이

모여들었다. 기념관 곳곳에 '300,000'이란 조난자 숫자가 강렬하게
다가온다.

　1937년 12월 13일부터 1938년 1월까지 6주간에 걸쳐서 자행한
상상을 초월한 천인공노할 만행이다. 이 참혹한 역사의 당사자가 상
해, 항주, 광주로 이어진 우리나라 임시정부와 독립운동을 도왔던 중
화민국이었다는 점에서 공동피해자로서의 아픔과 연민을 함께하게
된다.

기념관 관람을 시작하면서부터 우리나라가 당했던 간도間島참변과 간토關東대지진 조선인학살사건이 자꾸만 떠올랐다. 단지 피해 규모의 차이는 있지만 일본인이 저지른 만행은 그 궤를 같이하기 때문일 듯싶다.

간도참변은 1919년 3·1운동 이후 만주 동북지역 간도에 독립운동이 활발하게 전개되는 것을 막으려고 민간인을 무차별 학살하고 동네마다 불 질러 폐허를 만들어버린 만행이다. 1920년 10월 9일부터 11월 5일까지 27일간 3,469명이, 3-4개월 동안 수만 명이 피살되었다.

간토대지진 조선인학살사건은 1923년 도쿄 일원의 관동지방에 대지진이 일어났을 때의 만행이다. 지진으로 목조건물에 화재가 발생하고 사회 혼란이 야기되자 "조선인이 방화, 약탈에다 우물에 독극물을 풀었다."는 유언비어를 날조하여 민간인과 군경이 조선인을 마구잡이로 학살하였다. 23,058명이라는 연구보고서가 존재하듯이, 수만 명이 피살되었다.

가해자 일본은 간도참변, 간토대지진 조선인학살사건에 대하여 모르쇠로 일관하는 것처럼 세계기록유산으로 유네스코에 등재된 남경대학살사건에도 그대로 인정하려 들지 않는다. 일본 내에서는 양심적인 사학자라도 중국 측의 30만명 설을 인정하지 않는다. 20만명 설, 15만명 설, 1만명 설, 3천명 설이 혼재하여왔다.

심지어 우익 진영에는 남경대학살 자체를 인정하지 않는 부정파까지 존재한다. '20세기 최대의 거짓말! 난징 대학살을 철저히 검증하는 집회'를 개최하는가 하면 'No more Nanjing'이라는 이름의 시민단체가 활동하고 있는 실정이다. 그들은 1937년 11월 30일 자 오사카마이니치신문大阪毎日新聞, 12월 13일 도쿄니치니치신문東京日日新聞에 실렸던 무카이 도시아키 소위와 노다 쓰요시 소위의 '누가 100인을 먼저 참살시키는지 겨뤘다'는 보도도 부정한다. 전쟁 중인 군인들의 사기를 높이고 국민들에게 선전하고자 언론에서 지어낸 이야기라고 우긴다. 또 베스트셀러 아이리스 장의 논픽션 『난징의 강간』이 왜곡과 날조라고 전화, 메일, 시위, 대규모 규탄 집회로 공격하고 괴롭혀서 저자로 하여금 자살에 이르게 하였다. 일본 정부도 다르지 않다. 초중고 교과서에다 '남경사건'으로 축소하여 "아직 논란이 계속되고 있다."고 가르치고 있다. 자라나는 청소년들에게 역사적 사실의 접근을 차단시킨다. 그래서 일본국민은 점점 더 역사문맹자가 되어가고 있다.

일본 여행을 하노라면 불편하리만치 너무나도 깨끗한 도로와 완벽에 가까운 교통질서를 체험하게 되고, 정직과 친절이 마치 트레이드마크처럼 통하는 일본인들을 만나게 된다. 일본인의 겉과 속은 어찌 이렇게 판이할까. 경제대국이요, 선진 문명국이라고 자처하는 그들은 정작 스스로 잘잘못에 대한 판단력조차 없다는 말인가.

그 의문은 간도참변, 간토대지진 조선인학살사건의 연속선상에 있었던 남경대학살사건 현장답사를 통해서 그 해답에 이르렀다. 그들은 무사들이 통치하는 전국시대를 살아오면서 집단에 순응하려는 자기제어 기제가 발달하였고, 다툼이나 적대감을 유발하지 않으려는 완곡하고 절제된 언행이 체질화되었기 때문이라고. 바로 외부세계에 대해 본심을 드러내지 않고, 겉마음으로 관계를 맺어나가는 이러한 이중적 행태는 집단 속에서 살아남으려는 생존본능과 직결되어 있다고 말이다. 그들은 집단 속에서 안정감을 찾는 가식과 소심증으로 웅크린 개인들임이 틀림없으리라. 하지만 집단의 합의사항에는 선악의 시비, 책임의 시비도 배척하는 '일본인'이란 냉혈한 괴물로 작동한다는 믿음이다. 이와 같이 '일본인'이란 냉혈한 괴물이 저질러놓은 악랄한 만행에 대하여 모르쇠로 덮으려고만, 지우려고만, 우기려고만 하는가 보다.

인간이기를 거부한 만행이다. 보기조차 힘들어 말문이 막혔다. 흐느낌이 이어가는 관람객의 대오가 잊히지 않는다.

– 이상화기념사업회 특집 《해외톺아보기》(2019)

접목楼木

우리 일행은 한밭 보문산과 방화산
사이 유등천을 휘감고 앉은 성씨테마공원 뿌리공원에 닿았다. 자연
경관이 먼저인 절경이다. 공원엔 유월의 녹음이 웃자란 모가지를 빼
들고 싱그러운 푸른 물빛을 발산하고 있다. 아담한 한국족보박물관
을 비롯하여 성씨를 상징하는 조형물 244개가 푸른 숲속에 구획별
로 질서 있게 자리 잡았다.

문화해설사의 '족보', '성씨'라는 말에서 다가오는 어감은 다소 다
를지언정 '뿌리'라는 귀속감만은 모두 피할 수 없는 모양이다. 개략
적인 소개가 끝나자마자 일행 칠십여 명이 한꺼번에 흩어져서 삼만
삼천여 평의 넓은 공원으로 저마다의 뿌리를 찾아 나선 것이다.

우리나라는 불과 1백여 년 전까지만 해도 관료층, 생산층, 천역층

으로 구분되는 신분사회였다. 고조선의 8조금법八條禁法에서 보듯이 반만년 역사 안에 귀천과 상하가 있는 신분사회에 뿌리박고 살아왔다. 양반은 노비를 부리고, 노비는 양반에 귀속되어 삶을 부지하였다. 세전법世傳法에 따라 노비의 신분은 자손 대대로 이어졌다.

"나리, 관아에서 성을 지어오라고 하는데 나리의 성으로 따르도록 허락해주시면 안 되겠습니까?"

"……"

"이놈아, 어찌 다른 성을 취한단 말이냐."

성姓을 받게 되는 장면이다. 갑오개혁에 의해 노비제도가 혁파되고, 그로부터 15년 후 민적법이 시행되면서였다. 갑오개혁도, 민적법 시행도 일본에 의한 타율적 개혁이었다. 식민통치의 준비였고, 수탈의 방책이었다. 성씨를 정하라는 명령이 내려졌을 때의 득성 상황이 대부분 이러했을 것이다.

일본은 우리나라보다 34년 앞서 서구 문명을 받아들이는 호적법을 시행하면서 다른 나라의 전례에 따랐다. 성씨가 없었던 일반 서민들에게 사찰의 승려나 사무라이로 하여금 작성作姓을 하게끔 하였다. 이와는 딴판으로 우리나라는 성씨에 대한 높은 귀속감 때문에 너도나도 작성을 기피하고 양반이나 지주로부터 득성得姓을 하였다. 작성을 택한 일본의 성씨는 무려 8만 개가 넘었고, 득성을 택한 우리나라의 성씨는 3백 개도 안 되게 거의 변동이 없었다. 그래서 일본은

성씨만 불러도 누구인지 알 수 있지만, 우리나라는 성씨만 불러서는 누구인지 구별이 안 된다.

17-18세기 초 전체인구의 40-50%가 노비였다고 한다. 군공종량 軍功從良, 공사천무과公私賤武科, 족보매매族譜賣買, 족보위조族譜僞造 등 으로 양인으로 신분 상승이 되었다고 하지만 그 숫자는 아마도 그렇 게 많지 아니할 듯싶다. 그리고 보면 득성에 의한 성씨 취득은 오로 지 양반만 존재하는 '전 국민의 양반화'였던 셈이다.

그렇게 된 것이 성씨별 인구수로 드러난다. 2015년 인구주택총조 사에서 김金 씨의 인구가 21.5%, 메이저 성씨인 김, 이, 박, 최, 정金, 李 , 朴, 崔, 鄭의 인구가 53.6%라고 득성의 결과가 통계로 확인되고 있다.

돌쇠, 떡쇠, 마당쇠, 삼돌이, 판돌이 등 쇠釗와 돌乭이들의 득성 세 대와 그 자녀 세대, 그 자녀 세대의 자녀 세대가 떠난 오늘날 열 명 중네 명이 왕족의 후예이고 나머지 모두는 귀족의 자손이다. 10대 성씨를 비롯한 인구가 많은 성씨의 경우 상당수가 다른 성씨이거나 성씨가 없었던 사람들이다. 그들에게 있어서 뿌리 찾기는 '불편한 진실' 건너뛰기다. 부름켜가 활성화된 접목接木의 뿌리 찾기다.

작성은 노비의 전력을 의심받을 위험에서 자유로울 수 없었을 것이다. 득성이야말로 노비제도의 혁파 효과를 완벽하게 거둔 절묘한 집단선택이었다고 할만하다. 비록 누구인지 구별이 되지 않아 이름 뒤에 번호를 붙이고, 이름 뒤에 뭐 하는 사람이라는 보충설명을 붙이고, 그것도 안 되면 생년월일로 따져봐야 하는 동명이인 풍년세상을 살면서, 성씨의 차별이 없는 평준화의 세상이야말로 무엇으로도 대치할 수 없는 가치라 여겨짐은 왜일까. '돈이 양반이다'라는 자본주의 세상을 살아가면서도 가문의 뿌리는 꼭 붙잡고 살아야 할 정신적 자산이자 위안의 보루라 여기는 뿌리 찾기 때문이리라.

뿌리를 찾아본 일행들이 기꺼운 표정으로 속속 버스에 오른다. 인구 1위 성씨인 김해 김씨, 3위 성씨인 전주 이씨의 후손들이 뿌리공원에 자기들 뿌리가 없다며 서운함을 숨기지 않는다. 약속시각 한시간에 반시간 넘게 지각한 여성 회원들이 자기의 뿌리도 찾고 가문의 뿌리도 찾았다며 애교를 떨었다. 하나같이 뿌리가 특별한 양반들이다.

– 《문장》(제50호, 2019. 가을)

비해당과 취금헌을 만나다

                    육신사六臣祠 행 차량이 하빈 묘리 입
구에 들어섰다. 충절문忠節門을 통과하면서 옷깃을 여미고, 들뜬 마
음자락에 추념의 검정 리본을 달았다. 삼충각三忠閣을 거쳐 육신사로
들어가면서 '밖에서는 보이지 않고, 안에서는 밖을 내다볼 수 있다'
는 '묘골마을'의 묘妙부터 챙겼다. 거대한 용이 자신의 꼬리를 돌아보
는 모양새(회룡고미형 回龍顧尾形)의 지형에 기인한다는 설명을 현장
에서 확인하였다.

    박정희 전 대통령이 쓰셨다는 '六臣祠'육신사 편액이 걸린 외삼문外
三門을 들어가 홍살문紅箭門에 올랐다. 사육신 육각 유적비를 앞섶에
다 두고 사육신의 위패를 모신 숭정사崇正祀로 드는 내삼문인 성인문
成仁門이 우뚝하게 서 있었다. 일행은 죽음으로써 충신의 절개를 지

켰던 560년 전 성삼문 박팽년 하위지 이개 유응부 유성원을 기리며 삼가 추모의 묵념을 올렸다.

　저만치 오른편에 정면 4칸 측면 2칸의 정자가 보인다. 오른쪽은 팔작지붕, 왼쪽은 맞배지붕에 서까래의 윗머리를 다른 벽에 지지시켜 달아낸 부섭지붕으로 마감되어있다. 대구에서 정자로서 유일하게 보물(제554호)로 지정된 태고정太古亭이다. 정자 앞으로 다가섰다. 일명 일시루一是樓라고도 불려서 두 개의 현판이 나란히 걸려있다. '모든 것은 본시 하나이다.'라는 일시루一是樓가 던지는 예사롭지 않은 의미보다 '一是樓'일시루 현판에서 한 뼘 됨직한 낙관에 먼저 마음이 홀렸다. 匪懈堂비해당이었다. 匪懈堂비해당은 아버지 세종임금이 게으르지 말라며 내려주신 셋째 아들 안평대군의 호다.

　태고정은 취금헌의 손자 박일산이 성종 10년(1479년)에 창건하였다. 안평대군이 계유정란으로 강화도에서 사사賜死된 해로부터 23년 뒤의 일이다. 몇십 년 뒤를 내다보고 미리 써놓을 수 없기에 편액 '一是樓'는 당대 최고의 서예가였던 안평대군의 송설체를 집자集字한 것이라는 것을 확인하기에 이르렀다. 십여 년 전에 왔을 때는 보이지 않았었다. "아는 만큼 보인다."는 말을 실감하면서 비해당匪懈堂 안평대군과 취금헌醉琴軒 박팽년에 관한 생각의 비약은 육신사의 울타리를 넘나들었다.

　안평대군과 박팽년은 특별히 가까웠던 사이다. 안평대군이 스물아홉 살이었던 그해(1447년) 사월 스무하룻날 저녁에 무계정사에서 인수(박팽년)와 둘이서 도원에 거니는 꿈을 꿨다. 정부(최항)와 범옹(신숙주)이 뒤따랐다. 안평대군은 "참 이상하다. 문전성시를 이루는 그 많은 문객 중에 어찌하여 인수와 정부, 범옹밖에 없단 말인가?"라고 안견을 앞에 두고서 되뇌었다. 아침에 안평대군에게 불려온 안견은 꿈을 그리라는 하명을 받고 동진의 도화원기를 모델로 사흘 만에 그려서 바쳤다. 그 그림이 현재 일본 천리대학이 소장하고 있는 몽유도원도다.

안평대군이 꿈속에서 보았던 그 도원과 흡사한 인왕산 자락에 지은 무계정사武溪精舍는 박팽년, 성삼문, 신숙주, 이개, 최항 등 젊은 집현전 학사들의 시회詩會 장소였다. 수양대군과의 정권 경쟁에서 그를 지지해 주었던 훈구 대신 김종서와 황보인, 참모 역할을 했던 이현로 등이 수시로 드나들었다. 무계정사는 예술가 안평대군의 아지트이자 정치가 안평대군의 진지였던 셈이다. 건곤일척의 두 왕자의 정치게임은 수양대군의 쿠데타로 막을 내렸다. 이 쿠데타가 계유정란이다. 김종서, 황보인을 제거하고 자신의 경쟁자인 안평대군을 강화로 유배 보냈다가 사사賜死를 내렸다. 안평대군 집을 드나들던 사람들도 모두 모반에 연루되어 죽임을 당했다.

안평대군의 도원의 꿈속에서 함께 노닐었던 세 사람은 박팽년 신숙주 최항이다. 안평대군은 무계정사에 드나드는 수많은 사람 중에

160

특별히 교분이 두터웠던 까닭에 함께 도원에 이르게 되었을 것이라고 믿었다. 그렇지만 세 사람 가운데 최항과 신숙주는 안평대군의 반대편인 수양대군이 주도한 쿠데타군에 줄을 섰다. 힘센 자 편에 줄을 서서 정란공신에다 승차까지 하였다. 그때부터 맛이 빨리 변하는, 씹을 것도 없이 보드라운 녹두 나물이 신숙주의 이름을 따서 '숙주나물'이 되었다니 역사가 거증하는 슬픈 이름이다.

'줄서기, 줄 바꾸기, 줄 끊기'는 오직 선택한 자의 몫일까, 라는 의문은 왜일까?

박팽년만은 다른 사육신과 함께 끝까지 정의로운 편에 줄을 서서 단종복위를 시도하다가 멸문지화를 당했다. 이것이 집현전의 유망

한 젊은 학자들 가운데서도 학문과 문장, 글씨까지 모두 뛰어난 '집대성集大成'의 선택이었다. 하지만 최항과 신숙주는 줄을 바꿔 안평대군을 죽이는 데, 후한을 없앤다며 사육신을 죽이고 단종을 죽이는 데 앞장섰다. 공신으로 높은 자리를 꿰차고 한평생 호의호식하였다. 안견과 같은 이들은 줄을 끊어서 살아남았다.

결과가 비록 선택한 자의 몫이지만, 정의로운 편으로의 선택에 따르는 그들의 목불인견의 희생을 생각하면 육백년 가까운 세월이 흘러도 풀리지 않는 응어리로 남는다. 구원의 손길에 의해 올림을 받을 것인가. 역사에만 그 책임이 맡겨질 것인가. 후대의 귀감으로 영원히 살아갈 것인가. 육신사를 나서는 마음자리에 책임감 같은 무거운 그 무엇이 따라붙었다.

"당대의 난신이요, 후세의 충신이다."라는 세조의 음성이 들렸다.

– 대구문인협회 특집《대구 톺아보기2》(2016)

자공의 안도安堵

상전벽해桑田碧海가 아니라 벽해상전碧海桑田이다. 춘추전국시대 팔백년 수도였던 취푸曲阜는 퇴락한 성읍처럼 초라하다. 하지만 공묘孔廟에 닿는 순간 공자가 남긴 역사의 흔적만은 상상의 경계를 허물었다.

공묘, 공부孔府를 거쳐 삼공三孔의 마지막 공림孔林을 향했다. 지성림至聖林의 방坊과 문門, 수수교洙水橋의 방坊과 교橋를 거쳐서 묘문墓門에 들어서니 공자모용도孔子墓甬道가 열려있었다. 걸음과 마음을 가다듬어 든 곳이 향전享殿이다.

공자 무덤에 입장하는 절차가 살아있는 공자 알현만큼이나 복잡하다. 공림이라고 예외가 아니었다. 홍위병들의 쇠몽둥이에 처참하게 부서진 비석의 땜질과 파헤쳐 훼손되었다는 무덤에서 공자의 몰락을 그대로 보았다. '공자를 죽여야 나라가 산다.'는 홍위병들의 부라리는 광란의 춤사위가 공림 곳곳에 걸려있다.

공림의 향전에서 자공子貢을 만났다. 자공이 손수 심었다는 해楷나무 터에 전시된 고목 둥치에서, 공자 사후에 시묘했던 자공여묘처子貢廬墓處에서다. 예수, 석가모니에게 열두 제자, 십대 제자가 있듯이 공자에게도 공문십철孔門十哲로 일컫는 뛰어난 제자가 있었다. 덕행에 뛰어난 안연·염옹·민자건·염백우, 언행에 뛰어난 재여·단목사, 학문에 정통한 언연·복상, 정치에 밝은 중유·염구가 그들이다. 이들 가운데 언행이 뛰어난 단목사端木賜의 자字가 자공子貢이다.

공자를 이야기하면서 자공을 빼놓을 수 없다. 십년 넘는 주유열국 기간 온전히 재정적 뒷받침을 한 사람이 자공이다. 스승의 임종을 지킨 유일한 제자요, 세상을 떠나자 무덤 옆에 여막을 짓고 6년간 시묘를 한 단 한 사람이다. 시묘하면서 스승이 없는 공문孔門을 지켰고, 하나의 학파로 다지고 일으켜 세웠다. 자공은 스승 공자는 말할 것도 없이 공문 전체에도 꼭 있어야 할 절대적인 존재였다.

공자의 주유는 대규모의 인원과 이동수단이 필요했고, 입고 먹고 자고 움직이는 비용이 가히 상상을 초월하였을 것이다. 6년간의 시묘도 그렇다. 3년의 시묘를 마친 제자들이 떠나고도 혼자서 3년을 더 시묘하면서 공문을 일으킨 것은 스승과 공문에 대한 존경심과 애착은 물론 남다른 사명감으로밖에 설명할 수 없다.

164

공자의 제자들을 객관적으로 소개한 『사기』, 「중니제자열전」에 "자공은 사고팔기를 잘해 시세의 변동에 따라 물건을 잘 회전시켰다."고 했다. 이처럼 자공은 기업 성공의 기본능력인 미래예측력을 지닌 빼어난 사업가였다. 독자적인 정보망에 의한 시장상황과 가격변동의 정확한 예측으로 거금을 모았다. 거금을 모은 장사꾼이지만 예를 숭상한 유학자요, 그 재산으로 공자로 하여금 세상에 유학을 펼치게 한 유상儒商이었다. 이의취리 이리제세以義取利, 以利濟世: 의義로써 이利를 취하고, 이利로써 세상을 구한다.)라는 유상의 이념을 가장 잘, 가장 먼저 실천한 인물이다.

춘추 말기부터 전한 초기까지 상공업으로 치부한 사람들의 활동을 다룬 「화식열전貨殖列傳」에 "자공이 사두마차를 타고 비단 뭉치 따위의 선물을 들고 제후들을 방문했다.", "공자의 이름이 널리 천하에 알려지게 된 것은 자공이 음으로 양으로 공자를 도운 결과다. 이것이야말로 세력을 얻어 세상에 더욱 드러내는 것이 아니겠는가."라고 했다. 자공의 풍모와 특출한 능력을 엿볼 수 있다. 이와 같이 자공의 도움으로 공자는 명성을 드높일 수 있었고 공자의 명성으로 인하여 자공의 사업에 날개를 달 수 있었으리. 스승과 제지 공히 시너지효과에 의한 확대재생산을 이룩하였을 것이다.

공자가 성인의 반열에 오를 수 있었던 것은 처절한 실패에서 비롯되었다고 믿는다. 공자가 쓰임을 받았다면 쓰임만큼만 성취했을 것이기 때문이다. 이것이야말로 역사의 아이러니다. 어디에서도 쓰임을 받지 못했고, 안회 자로와 같은 제자를 잃는 아픔을 겪어야 했고, '인仁의 이상세계'는 천하의 비웃음을 샀다. 하지만 공자 사후 충성스런 제자에 의해 공자의 가르침은 빛을 발하게 되었고 유교는 동아시아의 통치이념으로까지 발전하였다.

스승의 끝없는 실패에도 자공은 흔들림 없이, 어쩌면 우둔하리만치 재물과 몸과 마음을 온전히 내놓았다. 2천여 년을 관통하는 스승과 제자 간의 믿음과 애경의 참모습을 보게 된다.

중국의 후진성, 전근대성의 책임을 공자에게 물은 마오쩌둥의 문화혁명이 '공자 죽이기'의 결정판이었다. 그 후 덩샤오핑의 개혁개방 정책으로 재평가 바람이 일더니 1994년 공자유적 삼공三孔을 유네스코 세계문화유산으로 지정받기에 이른다. 2008년 베이징올림픽을 계기로, 경제대국을 바탕으로 한 정신문화의 축으로 공자 띄우기에 나섰다. 중국은 작금 공자 되살리기에 정신이 없는 듯싶다. 새로 짓고, 수리하고, 땜질하기에 바쁘다.

스승 공자가 죽임을 당하였으니 스승을 있게 한 자공의 슬픔과 회한인들 오죽했겠는가. 이제 한시름 놓을 자공을 생각하니 내 마음까지 한결 가볍다.

－《대구의 수필》(제12호, 2016)

반면교사反面教師

과학과 종교는 앎을 향해 달려온 인류의 두 갈래 길이었다. 하지만 현대인들은 과학은 '앎'에, 종교는 '믿음'에 방점을 찍는다. 과학은 의문에 대해 해답을 찾아가는 반면에, 종교는 믿음을 전제로 하고 있다고 믿기 때문일 것이다.

새로운 세기를 준비하던 세기말, 교황 요한 바오로 2세는 중세기 교회가 지동설을 주장한 갈릴레오 갈릴레이에게 가한 종교재판, 구금 등의 박해에 대해 사죄하였다. 과학이 종교에게가 아니라 거꾸로 종교가 과학에게 한 고해였다. 그가 죽은 지 350년 만이다.

과학 가운데 가장 상반된 이론은 아마도 천동설과 지동설일 것이다. 천동설은 우주의 중심이 지구라는 지구중심설이고, 지동설은 우주의 중심이 태양이라는 태양중심설이다.

천동설의 기원은 플라톤의 제자 아리스토텔레스가 '우주는 이럴 것이다.'라고 추정한 그려진 세계관이었다. 가장 발전된 천동설은 2세기 알렉산드리아의 프톨레마이오스에 의해 확립된 것이다. 천동설은 추론이 아니라 심도 높은 이론이었다. 관측을 통해 초기모형을 만들었고, 예측과 검증이란 과정을 다져왔다. 별들에겐 이름이 붙여졌고, 별의 밝기를 기록한 목록이 만들어졌고, 지구가 구형인 이유를 제시했으며, 일식이나 월식을 예측하는 공식을 확립해놓은 과학이었다.

지동설을 맨 처음 주장한 천문학자는 기원 전 3세기 고대 그리스의 아리스타코스였다. 그러나 세상엔 받아들여지지 않았다. 전통적으로 교회의 믿음은 부동의 천동설이었다. 성경적 논리였다. 난공불락의 철칙으로 통하였다. 그 후 천동설에 의문을 품은 과학자들 어느 누구도 나설 수 없었다. 마치 계란으로 바위 치기였다. 이론 완성도 측면에서 프톨레마이오스를 따라잡을 수 없었다는 말이 맞는 말일 것이다.

아리스토텔레스의 물리학의 관점에서 보면 지구의 회전운동을 인정할 수 없었다. 지동설은 우주의 중심인 지구를 하나의 행성으로 강등시키는 것이었다. 성경을 부정하는 이단적 행위로 통했다.

마침내 1543년 임종을 앞둔 코페르니쿠스가 총대를 멨다. 그의 『천구의 회전에 대하여』는 '지구는 태양계에 위치한 혹성에 불과하다.'는 지동설의 선언문이었다. 계란으로도 알게 모르게 1천5백년을 얻어맞으니 끄떡 않던 바위도 금이 가고 균열이 생겼던 모양이다. 코페르니쿠스의 마지막 계란 한 방에 찌지직 몸통 찢어지는 소리를 냈으니 말이다.

그 후 1609년 갈릴레오 갈릴레이는 베네치아에서 망원경 발명 소식을 듣는다. 곧바로 파도바대학으로 돌아가 3배율 망원경을 만들었고, 그 뒤 32배율로 개량하였다. 하늘의 별을 직접 눈으로 관찰한 결과에 의해 지동설은 눈앞의 현실이 되었다. 1613년 태양의 흑점이

동을 바탕으로 코페르니쿠스가 옳고, 프톨레마이오스가 틀렸음을 밝히는 3통의 편지를 출판하여 넓고 높은 지지를 받았고, 1632년 『두 개의 우주체계-프톨레마이오스와 코페르니쿠스-에 관한 대화』로 지동설을 설파하였다.

어떻게든 교회 입장에서는 갈라진 바위를 도로 붙이는 일이 다급했을 것이다. 죽은 코페르니쿠스를 공격하고, 확신범 조르다노 브루노를 화형에 처하고, 기만한 갈릴레오 갈릴레이를 재판에 회부하여 가택 구금하는 등 지동설의 싹을 잘라내야만 했다.

생명의 위협을 느낀 갈릴레오 갈릴레이는 자신의 후원자 대공녀 크리스티나에게 편지를 썼다. "성경은 신의 말이요, 자연은 신의 작품이므로 신앙과 이성은 대립할 수 없다. 그러나 대립이 있는 듯이 보일 경우, 과학은 자연에 대한 문제에서 신학보다 우월하다. 왜냐하면 성경은 일반인의 이해를 위해 씌었고 쉽게 재해석할 수 있지만, 자연은 변경할 수 없는 실재를 가지고 있기 때문이다."라고. 어쩌면 비굴한 방어적 논리가 아니라 과학의 창으로 찌르는 되받아치기였으리라. 하지만 거기까지였다. 심문 재판관 앞에서 "맹세코 포기하며, 저주하고 혐오한다."고 선언함으로써 학자의 양심을 버리고 목숨을 구했다.

과학이 오류로 들통이 나면 한순간에 허구로 전락한다. 1천5백년의 과학 천동설의 패악은 허구로 나가떨어지는 마지막 모습이었다.

천동설의 프톨레마이오스야말로 지성적 역량이 특출한 사람이라도 형편없이 틀릴 수 있다는 본보기가 되어버렸다. 그럼에도 교회의 거룩한 침묵은 350년이나 이어졌다. 용기 있는 요한바오로 2세 교황이 있어서 그나마 다행이라면 다행이다.

힘을 가진 것들의 관계는 충돌(제거), 분리, 조화(친화)라는 역학관계가 성립한다. 상반된 입장을 취하면서 상대를 적극적으로 배격하는 충돌(제거), 분리된 위치에서 서로의 역할을 하는 분리, 상대를 인정하고 배우는 조화(친화)가 그것이다. 과학과 종교의 관계도 예외가 아니었다.

인류의 역사 안에서 저지당하고, 억압당하고, 침묵을 강요당한 얼마나 많은 또 다른 지동설이 존재해 왔겠는가. 멀쩡한 또 다른 지동설을 깨부수고 거꾸로 천동설을 부추기는 이단은 없었겠는가. 지금은, 앞으로는.

－《대구문학》(제153호, 2020.6)

특별사면 特別赦免

4년 전 늦봄, P 회장이 한전 대구경북 경영 간부들을 격려하는 한정식 기와집 식사 자리에서였다. 우리나라 원전기술자립을 위한 불굴의 소신 경영으로 이름 앞에 '천하의'란 수식어가 따라붙었던 분이 마련한 자리이고 보니 자연스럽게 두 달 전의 지진 해일에 의한 후쿠시마 원자력발전소 멜트다운 사고가 화제에 올랐다.

그때 참석자 중 한 사람이 불쑥 다음과 같은 말을 꺼냈다.

"회장님, 우리 월성 때도 과장 한 사람이 목숨을 걸고 원자로에 들어갔던 일이 있었습니다."

"그게 무슨 소리요?"

P 회장의 목소리가 당장에 한 옥타브 올라갔다.

좌중엔 일시에 정적이 감돌았다.

"······."

"다시 말해 봐요."

P 회장이 다그쳤다. 거의 노한 음성이었다.

"84년 연말쯤, 월성원자력 1호기 사고 시에 B 터빈과장이 시신 수습용 밧줄을 허리에 감고 원자로에 들어가 수습한 일이 있었습니다."

이 말에 이어 당시 상황에 대한 회고담이 이어졌다.

1호기 통제실.

따르르- 삐삐삐- 빼빼빼-

배전반의 각종 경보장치가 유색 등불을 번쩍이며 일제히 경보음을 토해냈다. 초비상상태를 알리는 경고였다.

계통수(냉각재) 순환펌프는 공회전을 하고 있었고, 계통수 레벨은 저수위를 가리키고 있었다. 원자로는 정지되었고, 온도는 점점 치솟고 있었다. 핵연료를 정상적으로 냉각시키지 못하고 있었던 것이다. 필시 냉각재인 중수(D_2O)가 새고 있기 때문일 것이다. 원인이 무엇일까? 어느 부분인가? 얼마나 새고 있는가? 원전연료는 녹아내리지 않았는가?

신설 중수로 발전소 운전 개시 후 19개월 만의 일이었다. 이런 상황에 대처할 수 있는 매뉴얼도 아직 없었다. 중수가 계속 누출되면 원자로를 냉각시킬 수 없게 되고, 결국은 원전연료가 녹아내리는 멜트다운melt down, 노심용융)로 진행될 것이다.

멜트다운은 원자로 수장水葬을 의미한다. 원자로는 통제 범위를 벗어나 고립무원의 상태였다. 발전소장을 비롯한 관계자들이 배전반에 모였지만 이렇다 할 대책이 나오지 않았다. 서로 얼굴만 쳐다보고 있었다. 통제 기능이 정지된 공황상태.

(누군가 들어가야 한다. 깨진 부위를 찾아서 수리를 해야 발전소를 구할 수 있다. 사방을 둘러봐도 적임자가 없다. 기계부장과 원자로과장이 출타 중이라 모두가 속으로 나를 지목하겠구나.)

결심의 심지에 불을 지피던 터빈과장이 불쑥 발전소장 앞으로 나섰다.

"제가 들어가겠습니다."

그러나 아무도 대답하는 사람이 없었다.

"제가 원자로 안에 들어가서 고장 원인을 알아보겠습니다."

터빈과장이 다시 결연한 목소리로 말했다.

"……."

"이제 다른 방법이 없지 않습니까?"

(자네가 격납고에 들어간다고? 거긴 못 들어가는 곳이 아닌가? 꼭 필요할 시에도 원자력안전위원회의 승인을 받아야 하는 사항이다.

발전소장의 권한 밖이란 말이다.)

이런 생각이 들자 발전소장은 못 들은 척 일어나 휑하니 배전반 문을 박차고 나가버렸다.

그렇다. 누구도 승인할 수 없는 일이었다. 스스로 결단을 내리는 길밖에 없었다.

터빈과장은 발전소장 다음 직위인 발전부소장과 이심전심 눈빛을 나눴다.

(죽어도 내 책임이다. 단독결행에 돌입한다.)

"방사선과장, 두 가지 부탁합니다."

"예 ……."

"매 5분마다 경고음을 울려주세요. 최대 20분간 수색하고 탈출하겠습니다."

"최악의 경우를 생각해서 구조용 밧줄을 허리에 묶고 들어가니 시간이 지나거든 끄집어내어 주세요."

숙연하다. 아니 비장하다.

"예, ……."

곧바로 그는 숙련된 보수요원 세 명에게 공구류와 계측기, 손전등을 지참시키고 방호복에다 허리에 밧줄을 묶고 격납고 2층 기기 출입구에 들어섰다. 첫발을 디딜 때 아연 실색을 하였다. 돔 내부는 조명으로 밝았지만 자욱한 중수 증기로 앞이 보이지 않았다.

방호장구와 방호복을 벗어던졌다. 측정기, 손전등, 공기구류는 무용지물이었다. 증기 물방울에 금방 온몸이 젖어버렸고, 신발이 중수에 범벅이 되면서 미끄러워서 보행이 불편하였다. 제발 핵연료 용융으로 과피폭 상태까지만 가지 않기를 빌면서 첫 번째, 두 번째 경고음에 따라 수색을 하였다.

세 번째 경고음이 울렸다. 이제 남은 5분이 원자로의 운명의 시간이다. 바로 그때였다. 천재일우라 하였던가. 최상층 6층 중수로 저장 탱크 벽면이 젖어있는 것이 육안에 들어왔던 것이다. 그 외에 별다른 징후는 발견되지 않았다.

탈출의 신호인 네 번째 경고음이 울렸다. "나가자!"라고 소리쳤다. 해냈다는 성취감에 어떻게 나왔는지도 모르게 나왔다. 같이 들어갔던 보수요원들의 몰골이 말이 아니었다. 꼭 물에 빠진 생쥐 꼴이었다. 밖에서 초조하게 기다리던 이들의 눈에는 사지死地에서 돌아온 그들의 모습이 절체절명의 위기에서 나라를 구한 개선장군의 위용이었다. 의기양양하게 중수가 새고 있는 곳과 핵연료 용융이 일어나지 않았다는 사실을 발전부소장에게 보고하고 바로 수리토록 하였다.

1호기 준공 후 2년을 채 채우지 못한 상태에서 일어난 이 사고는 중수 손실이 무려 140드럼(30톤)이고, 복구비가 수억에다 67.9만 kw 원자력발전소 정지에 따른 대체비용까지 감안하면 그 손실이 5

백억 원에 이르렀다. 사고의 손실 규모가 현실적으로 대두되면서 모두가 그보다 더 큰 문제를 간과하고 있었다. 만약 원자로 사고 수습이 지체되어 원자로가 멜트다운 되었다면 우리나라 초창기 원자력 발전 기본계획 자체가 뒤집어질 중차대한 문제였던 것이다.

그렇지만 막상 사고를 수습하고 보니 당연한 결과로만 치부되었다. 정부는 사고 발생에 대한 엄벌만 주문하고 있었고, 회사 내부에서도 관련자 전원 중징계 처분만이 논의되었다. 현장 또한 사고는 수습되었지만 발전소 전체 직원은 꿀 먹은 죄인이 되어 전전긍긍하고 있었다. 그뿐만이 아니었다. 원자력 법규를 위반한 것이 문제가 되어 '목숨을 걸고 이룩한 터빈과장의 공로'는 격납고에 꽁꽁 감금당한 채 무덤까지 가져가야 할 함구 대상이 되어버리고 말았다.

"대명천지에 어찌 이런 일이 ……."

자초지종을 들은 P 회장은 새삼 뼈아픈 자괴감에 빠져 들었다.

(목숨 걸고 큰 공을 세운 부하직원의 일을 사장인 내가 어찌 몰랐단 말인가!)

사장을 바보로 만든 당시 책임자들에게 어떤 배신감마저 들었다.

P 회장은 곧장 상경하여 당시 발전소장에게 사실을 확인한 후 현직 한전사장에게 과거 사장을 대신해서 포상 위로토록 요청하였다.

다음 달 한전 한빛관 무지개홀에서 개최된 한전 창립 50주년 기념 리셉션에서 '한전 역사를 빛낸 영웅들'에 대한 포상이 있었다. 26년 7

개월 동안 격납고에 꽁꽁 감금당해 있던 B 터빈과장의 '목숨을 건 대형 원전사고 예방 공로'가 특별사면特別赦免을 받아 햇빛을 보는 순간이었다.

21년 차 과장에다 IMF 구조조정 대상자가 되어 한시퇴직이란 이름으로 조기퇴직을 당한 그가 시상대에 우뚝 섰다. 한눈팔지 않았던 원자력 사랑, 기술 우위라는 우직한 믿음, 약삭빠르지 못했던 처세에 대한 회한으로 만감이 교차하였다. 삼십 년 가까운 가슴앓이로 숯덩이가 된 가슴 자락에 피가 도는 듯하였다. 눈시울을 붉혔다.

수상자 자리로 당시 발전소장과 발전부소장이 축하하러 찾아왔다. "어떻게 이런 일이 벌어졌는가?"가 이구동성이었다.

뒷날 대구공항 인근 한정식 기와집 만찬 자리에서였다. 잃어버린 영웅을 되찾아주신 P 회장, 사고 뒤에 현지에서 B 터빈과장과 함께 근무했던 나, '꽁꽁 숨기자'는 그들의 모의를 깬 한전 C 처장 등이 한전 역사를 빛낸 B 영웅에게 수상의 축배사를 합창하였다.

"웬만한 코냑보다 비싼 kg당 1,000$이나 하는 중수에 목욕을 하고, 마음껏 신발로 저벅거리며 밟고 나니는 호사(?)를 누렸다."고 너스레를 떠는 그가 진정 대인으로 보였다.

- 《수필세계》(제46호, 2015.가을)

5
시간을 조망하다

인문학의 중심인 문학은 끊임없이 질문하고, 이를 풀 수 있는 과학기술의 창조 근원이 되는 많은 이야기를 내놓아야 한다. 그 많은 이야기들로 무용의 유용화 계기를 만들어 주는 것, 그것이 미래에도 현재진행형인 문학의 무용지용일 터이다. 문학, 써먹을 수 없는 것에서 '쓸모없음의 쓸모'를 찾는 일이다. ─「문학의 무용지용」에서

문학의 무용지용無用之用

　　　　　　　　인문학과 기술의 융·복합시대가 열리
면서부터 온 나라에 인문학 바람이 불었다. 그 바람은 십여 년이나
이어졌지만 결과는 거꾸로다. 현실은 취업이 어려운 학문, 배부른 자
의 학문이라며 점점 더 기피당하고 홀대당하고 있다.

　이공理工이 널리 쓰이는 실용의 지식이라면, 인문人文은 실용성 측
면에서 쓰임이 없는 학문이다. 쓸모 있음은 물질적이고 보이는 것이
지만, 쓸모없음은 비물질적이고 보이지 않는 것이다. 눈에 보이는 것
과 볼 수 있는 것에만 가치와 무게를 두려 한다. 공리주의 세계에서
는 시보다 칼에, 음악보다 망치에, 그림보다 스패너에 더 가치를 둔
다. 쓸모가 지배적인 지식의 유용성과 쓸모없는 지식의 유용성이 대
립하고 있는 세상이다.

키케로는 '인간 정신을 가장 존귀하고 완전하게 해 주는 학문이 인문학'이라고 하였고, 누치오 오르디네는 '인문학은 비록 실용적인 가치는 없지만 인간의 정신과 삶을 풍성하게 만드는데 없어서는 안 될 소중한 학문'이라고 하였다. 인문학의 근본이 인간 정신에 있다는 갈파였다. 문·사·철文·史·哲로 대표되는 인문학의 홀대는 필시 인문학이 지니고 있는 본연의 권능이나 학문적 비중을 간과하고 있기 때문일 것이다.

인문학의 홀대 현상에서 '쓸모없음의 쓸모'라는 무용지용無用之用을 본다. 무용지용은 『장자莊子』의 「인간세人間世」 편에서의 장자의 가르침이다. 살아가기 위해서는 쓸모가 있어야 할 것 같지만, 쓸모 있음으로 인해 오히려 스스로 망하는 경우가 있으며, 쓸모없음으로 인해 자기를 지킬 수도 있다는 것이다.

20세기 후반 활자언어의 디지털언어시대로의 진화는 삶을 혁명적으로 바꿔놓았다. 책의 문자를 통해 사유하는 세계보다 TV, 인터넷이 제공하는 이미지 세계가 훨씬 감질나고 달콤하다. 책맹사회를 유인하는 '이미지 세계'라는 새로운 환경은 인류의 지식과 문화를 견인해 온 사고력에 치명적인 손상을 입히고 있다고 걱정들이다.

인문학의 중심인 문학 활동을 하노라면 '문학의 위기', '문학의 기능', '문학의 가치'가 화두가 되곤 한다. 합리적 목적성과 실용적 유용성의 충돌 때문이리라. 그럴 때면 '써먹을 수 없다'는 실용적 유용성의 한계는 무용지용에서 그 해답을 찾게 한다. 앙드레 지드가 『콩고기행』에서 탄식했듯이 문학은 배고픈 사람에게 빵 하나 주지 못한다. 하지만, 많은 사람들이 굶주리고 있다는 가혹한 현실을 폭로함으로써 선의의 양심을 부끄럽게 만들었다. 김병익 평론가는 '문학은 그 쓸모없음이 마련해 준 자유를 통해 실용주의에 매인 욕망에 수치심을 느끼게 하며 그 실용성의 억압으로부터 해방해준다.'고 하였다.

지금 세상은 '쓸모없다'고 여기는 것의 쓸모를 빨리 발견하는 자의 것이다. 기술혁신은 시대마다 문학적 상상력이 과학자, 기술자들에게 영감을 준 결과다. 인문학의 중심인 문학은 끊임없이 질문하고, 이를 풀 수 있는 과학기술의 창조 근원이 되는 많은 이야기를 내놓아야 한다. 그 많은 이야기들로 무용의 유용화 계기를 만들어 주는 것, 그것이 미래에도 현재진행형인 문학의 무용지용일 터이다. 문학, 써먹을 수 없는 것에서 '쓸모없음의 쓸모'를 찾는 일이다.

– 《대구문학》권두칼럼(제145호, 2019.10)

시간을 조망하다

　　　　　　　　　　'세상에서 가장 길면서 가장 짧고, 가
장 빠르면서 가장 느리고, 가장 작게 나눌 수 있으면서 가장 길게 늘
일 수 있고, 가장 하찮은 것이면서 가장 많은 회한을 남기고, 없으면
아무것도 할 수 없고, 사소한 것은 모두 집어삼키면서 위대한 것에는
생명과 영혼을 불어넣는 것'이 있다. 스무고개에서나 만날 법한 이것
은 '시간'이다.

　'시간'의 사전적 의미는 "과거, 현재, 미래로 이어져 머무름 없이 일
정한 빠르기로 무한히 연속되는 흐름"이다. 연속적으로 흐르는 시작
과 끝을 직선으로 연결했을 때, 어느 점은 시각이고 연결된 두 점의
거리는 시간이다. 이러한 관점에서 '때'는 시각이고, '짬'은 시간이다.

　'시간'이란 우리 언어에는 단일 단어이다. 하지만 그리스어인 헬라

어엔 '크로노스'chronos와 '카이로스'kairos라는 두 개의 단어가 있다. 앞의 것은 뒤로 흘러가는 시간이고, 뒤의 것은 앞으로 나아가는 시간이다. 크로노스는 지구가 자전을 하면서 낮밤을 만들어가고, 공전을 하면서 봄여름 가을 겨울을 만들어가는 영속적으로 흘러가는 시계의 시간이다. 반면에 카이로스는 목표를 향해 나아가는, 바로 일의 계획이 세워지고 그 계획이 실행되는 목표점까지의 특정한 시간이다. 흘러가는 크로노스보다 나아가는 카이로스에 집중하고자 했던 기원전의 언어문화에서 '시간 관리'의 근원을 만나게 된다.

태양이 매일 동쪽에서 떠서 서쪽으로 지는 자전시自轉時에서 1태양일太陽日을 24시간, 1시간을 60분, 1분을 60초로 나눠놓았는가 하면, 1태양일을 각각 묶어서 주, 순, 월, 분기, 반기, 년, 세기로 정해 놓았다. 앞의 크로노스와 카이로스에서 시간의 질이, 1태양일의 나눔과 묶음에서 시간의 양이 결정된다. 이로써 계획과 집중이, 반성과 새로운 다짐이 가능하게 되었다. 이것이야말로 유한한 존재로서의 인간이 무한한 시간에 대응해온 지혜이자 역사이기도 하다.

시간은 양보다 질이다. '삶의 문제'란 바로 '시간의 질의 문제'이다. 따지는 시간의 질이 소비하는 객체로서의 시간이 아니라 관리하는 주체로서의 시간이기 때문이다. 집중과 몰입은 산만과 해이보다 어떤 경우에도 몇 곱절 능률을 올린다. 시간의 질을 향상시킴으로써 시간의 효율을 배가시키고, 시간의 길이와 크기를 뛰어넘기도 한다. 시간의 질을 향상시킴으로써 거둬들이는 것이 성과이고 보면, 성취감에서 오는 내면의 풍요 또한 그에 못지않을 것이다.

세상이 아무리 불공평하다고 해도 시간만큼은 만인에게 평등하다. 이같이 평등한 시간이 만들어내는 세월은 사람에 따라 다르게 재구성된다. 평생의 시간을 각각 저마다 다르게 인식하면서 살아간다. 사람마다 일생 동안 사용하는 시간의 주관적인 양과 질이 다르다. 뿐만 아니라 정치, 경제, 사회, 문화 등 환경의 특성에 따라 인식하고 경험하는 시간이 달라질 수 있다. 이것은 시간에 대한 가치관, 바로 시간에 대한 조망을 달리하기 때문이리라.

미국 스탠퍼드대학교 심리학자 짐바르도Philip Zimbardo 연구진이 제안한 시간에 대한 다섯 가지 조망은 과거 부정, 과거 긍정, 현재 쾌락, 현재 숙명, 그리고 미래 지향이다. 과거에 했던 행동을 자주 후회하거나 과거에 했던 실수 중에 지워버리고 싶은 것들이 많다면 그것은 과거 부정적 시간관이다. 반면에 과거 좋았던 시절의 행복한 추억을 떠올리고, 나쁜 일보다 좋은 일이 더 많았다고 생각한다면 그것은 과거 긍정적 시간관이다. 모험심이 강하고, 쾌활하고, 가끔 충동적이면서 하루하루 충실히 사는 데 만족해한다면 그것은 현재 쾌락적 시간관이고, 노력보다는 운이나 상황, 타고난 환경 등에 의해 많은 것들이 결정된다고 생각한다면 그것은 현재 숙명적 시간관이다. 마지막으로 미래에는 좋은 일이 생길 것이라는 믿음을 갖고, 당장 보상이 없더라도 기꺼이 인내할 수 있다고 생각한다면 그것은 미래 지향적 시간관이다. 이와 같은 시간관에서 바람직한 시간관은 과거 긍정적, 현재 쾌락적, 미래 지향적 시간관임은 설명의 여지가 없다.

개인의 성패와 삶의 질이 시간 관리와 시간 조망에 있듯이, 어떤 사회나 국가의 구성원들의 시간에 대한 관리와 조망이 그 사회나 국가의 장래를 결정한다. 시간 관리가 크로노스 시간이 아닌 카이로스 시간이어야 하고, 시간 조망이 현재 쾌락적, 미래 지향적 시간관에 집중할 때 그 사회나 국가의 희망찬 미래를 담보할 수 있을 것이다.

오늘날 삼포세대, 오포세대라는 말이 심심찮게 회자되고 있다. 연애, 결혼, 출산을 포기한 삼포세대에 이어, 인간관계와 내 집 마련까지의 포기를 오포세대라 일컫는다. 노력의 결과로 얻는 미래 보상의 불신이 많은 젊은이들로 하여금 이것들을 포기하게끔 내몰고 있다. 젊은 세대가 희망을 접은 나라엔 장래가 없다. 젊은 세대의 카이로스 시간으로의, 미래 지향적 시간관으로의 전환이 무엇보다 중차대하고, 그래서 급선무다.

- 《한국수필》권두칼럼(제301호, 2020.3)

의심疑心

'의심', 말의 소리는 둔탁하고, 색깔은 어둡고, 자리는 유동한다. 이처럼 부정적 이미지로 통하지만 불신은 아니다. 그렇다고 긍정적인 신뢰 쪽도 아니다. 신뢰와 불신은 상반되게 양립하는 것이 아니라 의심이 가운데에서 밀고 당기는 일통삼체 一統三體의 모양새가 그려진다.

역사적인 사건을 대할 때마다, 불신과 의심과 신뢰의 힘겨루기가 아닌 것이 없었다는 것을 확인하게 된다. 단속적으로 주도와 반전을 거듭하면서. 불신의 끝에는 처절한 투쟁과 혁명이, 의심의 끝에선 개선과 개혁이, 신뢰의 끝에선 안정과 평화가 이어졌다. 그래서 대다수가 '신뢰'라는 덕목만이 만사형통으로 드는 열쇠이자 만병통치의 비방쯤으로 믿는다.

신뢰, 의심, 불신 가운데 과연 신뢰만이 인간사회의 덕목일까라는 의문은 왜일까. 의심이야말로 맹목적인 신뢰와 불신을 함께 제어하는 의미 있는 덕목이라는 믿음에서다. 만약 '의심'이라는 기능이 작동하지 않는다면 틀린 것에 대한 신뢰와 옳은 것에 대한 불신을 어떻게 예방하고 차단할 것인가. 특히 공동체의 의사결정과 일의 추진에 있어서 의심의 기능은 가히 절대적이다. 목표에로의 방향과 방법과 속도를 감시 감독하는 기능 때문이다. 다만 의심이 의미 있는 덕목이기 위해서는 그 의심이 분명한 이유와 합리적인 이치를 내포하고 있는 건강한 의심이어야 함은 불문가지이다.

'한국의 정치는 삼류다'라는 어느 대기업 총수의 힐난이 뉴스가 된 적이 있었다. 기업이 정치권을 향해 에둘러 보낸 '의심'의 신호였지만, 정작 정치권은 이를 '불신'의 펀치라며 격한 반응을 드러냈기 때문이다. 이념과 정파에 매몰되어 반대를 위한 반대, 투쟁을 위한 투쟁만을 일삼던 정치행태는 그로부터도 강산이 두 번이나 바뀔 세월이 흘렀건만 지금도 그대로다. 그때나 지금이나 잃어버린 '신뢰'를 되찾겠다는 개혁의 몸부림이 보이지 않는다.

민주주의 정체에서 야당은 정부와 여당의 정책에 대하여 의심의 잣대로 재고, 의심의 저울로 달고, 의심의 화살로 쏘아댄다. 과학적인 논리나 선험자의 학설도 의심의 눈으로 살피는 후배에 의해 무너지고, 수정되고, 창설된다. 이렇게 국가 발전의 동력인 정치와 과학이라는 두 측면만 보더라도 의심이라는 도구와 시스템이 방향타의 역할을 하게끔 되어있지 않는가. 이러한 의심을 두고 프랜시스 베이컨은 "확신의 끝은 의심, 의심의 끝은 확신"이라고 했고, 괴테는 "의심은 지식과 함께 성장한다."며 의심에 무게를 실었다.

어떤 사회, 어떤 조직에도 의심이 통일이나 일치에서 일탈하는 것쯤으로 대접받는다면 그 사회, 그 조직에는 장래가 없다. 일당 독재자의 말로는 예외 없이 비극이다. 왜냐하면 발전으로의 길잡이인 '의심'을 잃어버리기 때문이다. 찬성을 위한 찬성, 반대를 위한 반대만 있기 때문에 '맹목적인 신뢰'라는 함정에 매몰되기 마련이어서이다. 의심은 그 자체로써 존재가치가 있지만 '건강한 의심'으로 믿음을 얻을 때 더 큰 힘을 발휘할 수 있다. 그러고 보면 의심은 더 큰 신뢰나 더 큰 확신에 이르는 디딤돌과 같다.

의심을 위한 의심으로 갈등을 증폭시키는 불안정 사회, 거기에는 건강한 의심만이 신뢰사회로의 비책이다. 긍정도 부정도 아닌 의심이 부정의 이미지로 통하는 우리에겐 의심의 제자리 찾기가 무엇보다 먼저이다. 그렇다. 의심이 덕목으로 자리 잡힌 사회여야 건강한 사회로 거듭날 수 있어서이다.

－《문장》권두칼럼(제32호, 2015.봄)

금단의 유혹

                                     황당한 뉴스가 들어서 눈과 귀를 텔레비전 쪽으로 끌고 갔다. 2011 국제축구연맹 독일 여자월드컵에서 북한선수 다섯 명이 금지약물인 스테로이드를 복용하여 도핑 테스트에 걸렸다는 뉴스 때문이다.

    일본팀이 여자월드컵 사상 첫 우승을 거머쥐었다는 선망의 뉴스와 대비되어 남의 일 같지 않게 마뜩찮고 끄느름하였다. 은근히 부아가 났다. 16강을 뽑는 조별리그에서의 예선탈락이라는 성적은 앞으로 노력이라는 기회라도 있다. 하지만 도핑, 그것도 단체적인 도핑은 스포츠 판에 들이댄 조직적인 사술이 아닌가. 모르쇠로 버티기도, 변명을 하기도, 이해를 시키기도 어려워 뒷갈망이 난감하리라는 생각부터 들었다.

　개인적으로 여자축구는 비록 국가 대항 경기지만 묘기와 스피드, 박진감에서 남자축구처럼 축구의 진수를 맛볼 수 없다고 치부해 왔다. 그러던 것이 몇 년 전부터 우리나라 청소년 여자축구팀의 선전을 보면서 그게 아니란 걸 알았다. 남자축구의 힘과 기술, 스피드에 견줄만한 여자축구 특유의 부드럽고, 섬세하고, 아기자기한 맛에 매료되어서다. 국제축구연맹이 주관한 이번 독일 여자월드컵이 여섯 번째 대회지만 명실공히 여자월드컵으로 확고히 자리매김을 할 수 있었던 것도 이러한 여자축구의 매력 때문이라고 여겨진다.

　여자 월드컵 20년사를 통하여 남자선수같이 근육을 키우고, 파워를 발산하기 위하여 여자선수에게 금지약물을 사용한 경우는 전례가 없었다. 도핑이란 것이 스포츠경기에서 좋은 성적을 올리기 위해 호르몬제, 흥분제 등 금지약물을 사용하는 범칙이 아닌가.

국제 스포츠경기에서 금지약물 복용이 심심찮게 드러나곤 했다. 그렇지만 축구계로서는 미국월드컵 때 일어난 아르헨티나 디에고 마라도나의 개인적인 도핑사건 이후 17년 만에 불거진 초유의 조직적이고 집단적인 대형사고인 셈이다. 제프 블래터 FIFA 회장까지 나서서 "매우 충격적이다. 도핑 사상 매우 나쁜 사례로 축구에 큰 해를 가져올 것"이라는 논평을 내놓았으니 말이다.

문제가 된 약물은 테스토스테론의 구조를 변형시켜 '짓는 효과'를 증강시킨 아나볼릭 스테로이드라고 한다. 이 호르몬제는 실증적으로 파워와 근육 증강 등의 효과가 크다고 알려져 있다. 하지만 신체에 치명적인 손상을 일으키는 부작용 때문에 1976년 몬트리올 올림픽부터 금지약품으로 지정되었다. 그렇지만 육상선수나 보디빌더 프로야구선수 등에 꾸준히 이용되었고, 대다수 스포츠 종목에 도핑이 숨어든다는 건 공공연한 비밀이었다.

오직 승리만을 목표로 하는 이들에겐 도핑테스트에 걸리지 않는 금지약물의 개발이야말로 억제하기 어려운 유혹일 것이다. 북한 여자선수들에게서 발견된 스테로이드 약물은 지금까지 단 한 번도 발견되지 않은 새로운 종류라고 하였다. 성적 지상주의가 잉태한 사산아란 점에서 지탄을 넘어 안쓰럽기까지 하다. 인간의 한계에 도전하는 신성한 스포츠제전에서 반칙이 승리를 낚아챌 수 없도록 함은 너무나 당연하다. 그리고 보면 도핑테스트 기법의 첨단화는 아무리 강조해도 지나침이 없는 스포츠 현장의 영원한 과제일 듯하다. 이는 불의의 창에 대한 정의의 방패이어서이다.

스포츠 선수가 뛰어난 성적을 달성했을 때 국민이, 팬이, 관객이 감동하는 것은 그들의 피나는 노력을 믿기 때문이다. 모든 선수가 최선을 다하여 정정당당하게 겨루는 모습에서 대리만족을 느끼고, 눈부신 성과에 열광하는 것이다. 도핑으로 탈취하는 승리는 결코 승리자의 영광을 누릴 수 없으리라. 그건 아나볼릭 스테로이드가 독이 든 사과라는 '금단의 유혹'이기 때문이다.

스포츠에서의 도핑이 사술에 의한 '승리 낚아채기'이듯 우리가 살아가는 경쟁사회에서의 사술에 의한 '성공 가로채기'라는 도핑은 어떠하겠는가. 과연 이에 대한 도핑테스트는 '어떻게, 얼마나 작동될 것인가?'라는 생각의 비약은 왜일까? 스포츠에 도핑이 숨어들듯 우리가 살아가는 삶의 현장에 얼마나 많은 도핑이 숨어 활개를 치겠는가라는 생각 때문이다.

넓게 봐서인가? 언론과 매스컴의 단골 메뉴인 탈세, 병역기피, 뇌물, 횡령, 절도, 사기 등등의 범법행위 모두가 '금단의 유혹'이라는 생각이 들어서다.

– 2011년 7월

문조文祖를 만나다

　누가 현대문학의 문조文祖들을 꼽아보라면, 마치 그리스도교의 성조인 아브라함, 이삭, 야곱을 세 손가락으로 꼽듯이 주저하지 않고 소크라테스, 플라톤, 아리스토텔레스를 꼽는다. 평소 소크라테스의 사상을 담은 플라톤의 『대화편』이나 아리스토텔레스의 『시학』詩學을 대할 때마다 이천삼백여 년 전이라는 시간과 고대 그리스 아테네라는 공간을 뛰어넘은 문학의 향취에서 그 기원을 느껴서이다.

　현존하는 플라톤의 저작물은 36편 정도이다. 그 가운데 일부는 위작으로 밝혀졌지만 플라톤이 직접 쓴 것으로 확인된 25편의 저작물 대부분이 대화 형식으로 되어 있다. 그래서 '대화편'이라 부른다. 최초의 수필작품이라고 일컫는 플라톤의 『대화편』에서는 특이하게도 플라톤 자신은 단 한 번도 등장하지 않는다. 등장인물들은 모두 역사적 실존인물이지만, 대체로 스승 소크라테스가 주인공이다. 소크라테스는 스스로 저작을 남기지 않았지만 제자가 그를 대신했다. 제자 플라톤이 없었다면 소크라테스는 흘러간 역사의 인물로만 기록되었을지도 모를 일이다.

플라톤이 『대화편』을 쓴 시기는 정확하지 않다. 초기, 중기, 후기로 나뉘는데, 초기편에서는 스승의 사상을 옹호하는 내용으로써 스승의 영향을 짙게 드러내고 있다. 중기는 플라톤이 시라쿠사에 다녀온 이후 아카데미아를 세운 시기에 씌어졌고, 초기와 달리 다양한 문제들을 다뤘으며, 문학적으로 가장 완성도가 높은 작품들이다. 후기는 플라톤이 노년에 쓴 것으로서 추상적이고 전개 과정이 복잡하지만, 그의 사상이 가장 잘 나타나 있다.

아리스토텔레스의 『시학』은 시詩만의 이야기가 아니다. 아리스토텔레스의 저작을 일본에서 처음 번역하면서 '시학'이라고 한 데서부터 시작되었다. 에페소서 2장 10절 "우리는 하느님의 작품입니다.……."에의 '작품'이라는 'workmanship'은 헬라어의 시詩이다. 그렇다면 '시'는 '작품'이기에 '시학'이 아닌 '창작학'으로 번역해야 옳다는 견해에 동의한다. 비록 망실분이 많아 교정 보완이 뒤따랐지만 『시학』은 시(작품)의 본질과 작시(창작)의 원리를 체계적으로 정립하였고, 문예비평에 관한 최초의 저술이란 점에서 현대문학에 이르면서 끼친 영향이 지대하였다.

소크라테스와 플라톤, 플라톤과 아리스토텔레스로 이어지는 기원전 세 사람의 중심은 당연히 플라톤이다. 누구나 '플라톤'이라는 이름을 들으면 소크라테스와 아리스토텔레스를 묶어서 떠올리기 마련이다. 왜냐하면 스승 소크라테스를 빼놓고 플라톤을 이야기할 수 없고, 플라톤이 없는 아리스토텔레스를 설명할 수 없기 때문이다.

시작은 플라톤이 아고라 광장에서 소크라테스를 만나면서부터다. 들창코 추남 소크라테스의 날카로운 몇 마디 질문에 당시 소피스트라고 불리는 내로라하는 선생들이 쩔쩔매는 모습은 경이로움 그 자체였다. 단번에 매료되어 그의 제자가 되었다. 스승 소크라테스가 젊은이들을 다르게 생각하도록 이끌어 타락시키고, 양심의 소리를 들먹이며 신성을 모독했다는 죄명으로 사형선고를 받아 독배를 마시고 죽을 때까지 9년 동안 일편단심 제자로서 따라다녔다.

민주 정부가 존경하는 스승을 민주적 방식에 의해 죽이는 재판과정을 지켜보았다. 아테네가 싫었다. 다른 제자들처럼 아테네를 떠났다. 그길로 지중해 여러 지역을 떠다니며 십여 년을 여러 학문과 다양한 경험을 쌓았다. 그러던 중에 시칠리아의 도시국가 시라쿠사의 디오니시오스 왕으로부터 정치자문관으로 초빙을 받았다. 아테네에서 접었던 정치가의 꿈이 꿈틀거렸다. 시라쿠사에서 처음으로 정치가의 꿈을 펼쳤다.

하지만 부정에 물들고, 술수에 길들여진 관리들에게 스승 소크라

테스처럼 '도대체'라며 옳은 말만 하는 그는 어쩌면 제거의 대상일 수밖에 없었다. 탐관오리들의 모함과 'NO'를 싫어하는 왕의 암묵적 동조로 일시에 그는 스파이 신분으로 전락하였다. 국가반역죄를 뒤집어쓰고 체포되었고, 노예처분을 받아 곧장 노예시장으로 팔려나갔다. 때마침 소크라테스의 강의를 들은 적이 있는 아니케리스라는 사람이 노예를 사러 갔다가 그가 소크라테스의 제자 플라톤임을 알아보고, 부르는 값을 다 쳐주고 사서는 자유인으로 풀어주었다.

그는 그길로 곧장 아테네로 돌아왔다. 상속인인 그가 장기간 떠나 있었음에도 집사들이 재산을 온전하게 잘 관리하고 있었다. 재산의 일부를 처분한 상당액을 그를 자유인으로 만들어준 아니케리스에게 보냈다. 하지만 아니케리스는 거금이라며 받기를 극구 사양하였다. 그는 아니케리스의 뜻을 새기려고 아카데모스에 있는 신전 근처에

땅을 사들여 학교를 지었다. 그 학교가 그의 몸값으로 지은 아카데미 아이다.

사약을 받고 황망하게 떠나버린 스승으로부터 넘겨받은 '도대체' 란 숙제를 이 학교에서 풀었다. 그 풀이가 그의 '이데아론'이다. 소크 라테스의 '도대체'가 서양철학의 산실이라면 그의 '이데아론'은 서양 철학의 옥동자와 같다고 입을 모으는 이유다. 그의 나이 마흔 살부터 생을 마칠 때까지 사십년 간 많은 후학을 가르쳤다. 수제자 아리스토 텔레스도 열여덟 살에 이 학교에 입교하여 18년간 수학하였다. 아리 스토텔레스는 '개념의 논리'인 스승 플라톤의 이데아론을 넘어서는 ' 사물이 중심이 되는' 존재론을 정립하였다. 그의 논리학, 실천학, 제 작학이 그를 학문의 아버지로 우뚝 서게 했다. 이것이 소크라테스로 부터 플라톤을 거쳐 아리스토텔레스에 이른 그리스 역사에서 만나 는 문조들의 모습이다.

플라톤이 아고라 광장에서 소크라테스를 만나지 않았다면? 플라 톤이 지중해로 피신을 하지 않았다면? 플라톤이 시라쿠사에서 현실 과 타협했다면? 플라톤이 노예시장에서 아니케리스를 만나지 못하 였다면? 플라톤이 선량한 집사를 만나지 못하였다면?

소크라테스도, 플라톤도, 아리스토텔레스도, 그들의 문학작품도?

–《수필과지성》초대수필(제8호, 2015)

인문학 변론

'인간이 그리는 무늬'가 인문人文이고, '인간이 그리는 무늬를 연구하는 것'이 인문학人文學이다. 인문학의 발달 수준은 그 사회의 발전 정도를 가늠하는 잣대로 통한다. 인문학 중심시대로 진입하지 못하면 정체된 사회로 남아돌게 된다는 것이다. 선진사회로의 진입을 시도하는 우리나라가 꼭 열어가야 할 '인문학의 시대'를 두고 인문학의 현실에 대해서 이러쿵저러쿵하는 것도 이 때문이다.

새로운 세기에 들면서 공영방송에서 인문학 강의가 방영되고, 사회 곳곳에서는 인문학 강좌가 성황을 이루고 있다. 하지만 정작 인문학의 본영인 대학에서는 인문학 학과의 정원이 감축되거나 인문학의 학과가 통폐합되고, 취업현장의 기호에 맞도록 이름이 바뀌기도

한다. 무엇보다 대학 구조조정의 유인책으로 인문학과의 정원이 우수대학은 대폭 줄어들고 부실대학은 그대로여서 인문학의 질적 수준 저하가 더 큰 문제다.

얼마 전, 입시 준비 중인 손자 녀석과의 대화에서 "제가 목표로 삼았던 대학의 학과가 없어질지도 모릅니다."라는 걱정 앞에선 할 말을 놓치고 말았다. 당장 올 입시부터 시행되는, 인문계통의 정원을 줄여 공학계통의 정원을 늘리는 교육당국의 정책이 던지는 충격파였기 때문이다. 교육이 국가의 백년대계라고 함은 백년 후까지를 담당할 국가의 동량을 가르치고敎 기르는育 계획을 뜻한다. 그런 측면에서 백년대계가 아니라 국면 계획이라는 비판을 피할 수 없게 되었다.

현실적으로는 대학이 가르치고 길러서 내놓는 인력, 그 가운데서 특별히 우수하다고 뽑은 그러한 인력조차도 재교육 없이는 산업현장에서 바로 쓸 수 없다는 것이 문제다. 상품에 비유하자면 반제품을 들여와서 기업의 부담으로 재가공과정을 거쳐야 완성품으로 그 기능을 할 수 있다는 것이다. 완성품 격인 경력자를 우선 채용하는 우리 산업 현장의 구인 풍토는 바로 이러한 불완전한 교육의 산물인 것이다.

인재의 수요와 공급 간의 미스매칭 현상은 풀어야 할 숙제였다. 이제 그 선을 넘어 문과생들이 실업자 양산의 직접적인 원인을 제공하고 있다는 것이 정책 판단의 전제이다. 하지만 인문학이 취업이 어려워 찬밥신세로 전락하고, 자본주의 시장경제에 떠밀려서 배부른 자의 학문처럼 홀대받는 것은 더 큰 문제다. 문·사·철文·史·哲로 대표되는 인문학이 지니는 본연의 권능이나 학문적 비중을 간과하고 있기 때문이다.

인간다운 삶을 발전적으로 이어나갈 수 있도록 우리 삶의 전반에 대해 분석하고 미래를 예견하는 데 가장 바탕이 되는 기초학문이 인문학이다. 초래될 인문학의 위기는 금전적으로 환산할 수 없는 삶의 가치를 훼손하게 되고, 물질만능주의에 의한 인간성 상실을 가져오게 될 것이 명약관화하다.

그보다 더 중요한 것은 역사가 일러주는 인문학의 위상과 힘이다. 멀리는 중세기의 암흑시대를 청산하고 르네상스시대를 연 것이 인문학의 공로였고, 가까이는 새로운 세기의 기린아 '아이패드'라는 태블릿 컴퓨터나 아이-폰도 인문학과 공학의 융합에서 나왔다는 사실이다. 뿐만 아니라 페이스 북의 마크 저커버그, 마이크로 소프트의 빌 게이츠, 애플의 스티브 잡스 등 21세기 위대한 창업자 모두가 대학을 중퇴한 인문학도였다는 점은 우리 모두가 곰곰이 되새겨볼 일이다.

우리 교육의 바른 길은 초·중·고가 진로 결정의 진입 교육현장으로 바뀌어야 하고, 기술전문교육으로 산업 현장에서 쓸 수 있는 인력을 공급해야 하며, 대학을 교육 중심이나 연구중심으로 전문화 특성화를 이뤄나가는 것이다. 이에 못지않게 학벌위주의 학력주의에서 실력 위주의 능력주의로 바꿔나가는 과단성 있고 일관된 정책이 수반되어야 하겠다. 무엇보다 대학이 단순한 지식을 쌓아 취업을 준비하는 곳이 아니라, 다양한 분야에서 학문을 탐구하는 곳이라는 대학 본연의 자리매김이 우선이다. 취업률을 놓고 국가 차원의 수요를 간과하고 인문계 학과의 정원을 일방적으로 축소하거나 없애는 것은 교각살우矯角殺牛의 우를 범하는 일이다.

선진국 진입을 가시권에 두고 있는 현대 우리 사회가 물질주의, 쾌락주의, 개인주의 등으로 전도되고 잃어버린 삶의 가치관과 인간본성을 회복하는 길은 과연 무엇일까? 일찍이 키케로는 인간의 정신을 가장 존귀하고 완전하게 해 주는 학문이 인문학이라고 하였다. 자기성찰을 통해서 인간다운 삶을 살아가는 것, 실제 생활에서 탁월함을 추구하는 것이 인문학의 기본목표다. 인간의 존재 의미와 인간 됨됨이, 게다가 바람직한 삶의 가치까지 제시하는 인문학이 그 해답이기에 인문학에서 그 길을 찾을 수밖에 없다.

인문학의 중심은 인간이다. 인간은 변하고 달라진다. 세계관에 따라 해결하는 방법과 내용도 달라진다. 고로 존재의 지표까지 달라진다. 달라진 존재의 지표를 통찰하고 인문적인 창의성을 발휘할 때 선진국으로의 인문학 중심시대를 열어갈 수 있을 것이다. 그래서 인문학은 생존인 것이다. -《수필과지성》초대수필(제9호, 2016)

따뜻한 자본주의

"냉혹하다." 살아오면서 돈, 권력, 기술 등에서 열세인 이들을 무차별 무한경쟁으로 내몰고 있는 자본주의 시스템에 대하여 평소 지녀온 생각이다. 그래서 차갑고 혹독한 자본주의 시스템의 포근하고 따뜻한 자본주의 시스템으로의 재편이야 말로 살맛 나는 세상으로 가는 일관된 믿음이다.

자본주의의 효시는 애덤 스미스가 말한 시장기구라는 '보이지 않는 손'에 의하여 경제 전체 순환질서가 꾸려지고, 그 결과로 부와 번영을 이룬다는 자유방임주의이다. 사유재산제도, 자유경쟁주의, 영리주의를 3대 원칙으로 하는 자본주의는 영구불변의 고정된 제도들의 집합이 아니라 위기를 통해 재탄생되고, 재편되고, 진화해 온 시스템이다. 때문에 자본주의 특성상 자본주의 시스템이 내포하고 있는 근원적인 문제점은 어쩌면 극복의 대상일 뿐이라고 여겨지기에 그 일관된 믿음은 일정 부분 희망으로 자리한다.

"민주주의가 제도 자체로는 최악이지만, 인류가 만들어낸 정치제도 중에는 최선의 제도이다."라는 처칠의 지적처럼, 자본주의도 제도 자체가 안고 있는 문제점은 수없이 많지만 공산주의나 사회주의에 비해서 최선의 제도임은 의심의 여지가 없다. 자본주의의 우월성은 역사가 거증해서이다. 공산주의 블록 국가들의 처절한 패망으로 체제경쟁에서 완벽하게 승리하였기 때문이다.

'자본주의 4.0'이 세간의 화두이다. 러시아 태생 영국인 아나톨 칼레츠키가 쓴 《자본주의 4.0》이 주목을 받으면서부터다. 그는 자본주의 시스템의 역사를 성격에 따라 3단계로 구분하면서 산업혁명으로부터 시작된 자본주의 효시인 자유방임주의를 '자본주의 1.0'이라고 기준을 삼았다. 이에 따라서 1930년대 세계적 대공황으로부터 재편된 케인즈 수정자본주의를 '자본주의 2.0'으로, 1970년대 스태그플레이션stagflation으로부터 재편된 신자유주의를 '자본주의 3.0'으로 규정하였다.

그에 의하면 '자본주의 3.0'이라는 신자유주의는 2008년에 글로벌 금융위기를 유발하였고, 서유럽을 경제위기로 내몰고 있으며, 공정경쟁 파괴로 소득불평등을 초래하고 있다는 것이다. 이러한 '자본주의 3.0'의 위기를 극복하기 위해서 '자본주의 4.0'으로의 시스템 재편이 불가피하다는 그의 논거에 전적으로 동의하게 된다.

　우리나라 자본주의 역사를 꼽아보면 서구의 20% 수준으로 일천하기 그지없다. 해방 이후 자본주의 진영에 편입됨으로 인하여 자본주의를 배웠다. 그것도 6.25 전쟁의 잿더미 위에서 미국의 원조를 받으면서 자본을 축적하기 시작했다. 정부의 주도로 경제개발을 추진한 관치 자본주의였다. 대기업 중심의 성장전략을 이끌어온 국가독점 자본주의 시스템이었다. 자본주의 종주국인 미국을 배우고, 자본주의 신흥국인 일본을 배웠다. 20세기 말에 이르러서야 따름과 모방에서 내 것을 스스로 만들어 경쟁에 나설 수 있었고, 자신감과 희망의 선순환은 압축 성장으로 이어졌다. IMF 관리체제를 거쳐서 지금은 민간 자본의 성장과 시장 자유적인 자본주의 단계인 신자유주의에 이르렀다고 믿는다. 이것이 한국적 자본주의의 본모습이다.

　선진국 수준의 GDP와 무역 1조 달러 달성이 반세기 만에 이룬 한국적 자본주의의 위대한 성적표이다. 2차 대전 이후 나라를 되찾거나 독립한 100여 개 나라 중에 선진국 수준의 자유민주주의와 시장경제체제를 구축한 나라는 유일하게 대한민국뿐이라는 것이 국제사회의 평가이다. 이러한 기적 같은 성장에 이르기까지는 얼마나 많은 사람들의 희생적인 노력과 각고의 인내가 필요하였겠는가를 생각하게 한다. 많은 국민이 이 땅의 경제주체로서 참으로 냉혹한 경제 환경을 잘 견디어 왔기에 가능한 성취이기 때문이다.

오늘날에 이르러 성장의 그늘에 가려져왔던 문제점들이 더불어 속속 드러나고 있다. 중산층 붕괴와 사회양극화 심화, 고용 없는 성장과 실업자 양산, 대기업의 독과점현상과 중소상권의 몰락이다. OECD 23개 회원국 가운데 자살률 1위, 출산율 최하위, 아동과 청소년 행복지수 3년 연속 최하위이다. 단기간에 압축 성장은 이뤘으나 인간이 추구하는 최상의 가치인 행복을 잃어버렸고, 잃어가고 있다는 징표가 아니겠는가.

우리가 힘겹게 이루면서 구축해온 신자유주의는 다수 국민의 행복을 빼앗아가는 자본주의 시스템이다. 이처럼 차갑고 혹독한 자본주의 시스템이라는 반성 위에서 재편되어야 할 한국적 자본주의 4.0이 어떤 역할과 기능을 수행할 수 있어야 할 것인지 너무나 분명해진다. 그것은 차가운 시스템에 따뜻한 온기를 불어넣는 것이다. 시장의 탐욕에 대한 정부의 규제강화와 공정성 제고는 물론 생산적 복지와 공공부조로의 온정적 시스템을 구축해 나가야 한다는 것이다.

그늘에는 빛이 들게 하고, 홀로서기가 어려운 이들에게 따사로운 복지정책을 통하여 경쟁력 있는 경제주체로 바로 서게 하는 것이리라. 파레토의 20%를 살찌우는 성장 지상주의가 아니라, 80%의 행복을 키우는 성장이란 말이다.

-《죽순》(제46호, 2012)

인생 100세 시대, 삶의 지혜

"나이와 늙어가는 속도는 비례한다." 나이를 보탤수록 이 속담에 점점 더 크게 고개를 끄덕이게 된다. 그래서 10대는 10km/h, 60대는 60km/h라고 하는가 보다. 일 년이란 것이 헐어놓으면 금방이다. 12개월짜리 임진년도 헐어놓은 지 엊그제 같건만 부지불식간에 덩어리가 반에 반만큼이나 사라져버렸다.

살아오면서 해가 서쪽으로 지는 만큼이나 시간은 의당 뒤로만 흘러가는 것이라고 믿어왔다. 이러한 시간이 앞으로 나아간다고 하면 쉽게 이해할 수 있겠는가? '시간'이 우리 언어엔 단일 단어지만, 그리스어인 헬라어엔 '크로노스'chronos와 '카이로스'kairos라는 두 개의 단어가 있다. 앞의 크로노스는 지구가 자전을 하면서 낮밤을 만들어가고, 공전을 하면서 봄여름 가을 겨울을 만들어가

는 흘러가는 시계의 시간이다. 반면에 뒤의 카이로스는 목표를 향해 나아가는, 바로 일의 계획이 세워지고 그 계획의 목표점까지 앞으로 나아가는 특정한 시간이다. 흘러가는 크로노스보다 나아가는 카이로스에 집중하고자 했던 기원전의 언어문화에서 '시간관리'의 근원을 확인하게 된다.

　우리네의 평균수명이 갑자기 늘어났다. 요즈음 노년들 사이에 회자되는 '칠푼이'라는 우스개가 인생 100세 시대를 알리는 명징한 거증이다. 균형 잡힌 영양식, 의료 및 보건 환경의 개선, 게다가 생활체육의 대중화로 부모세대와 달리 몸이 나이를 따라가지 못하는 노화 지체현상에서 나온 말이다. 미수인 나이에 환갑나이의 체력을, 환갑

나이에 사십대 초반의 막강파워를 지니고 살아가는 현실을 풍자한 것일 터이다.

이러한 '칠푼이 현상'을 먼저 경험한 미국의 윌리엄 새들러는 은퇴 이후 삼십 년의 삶을 '나약한 늙은이'가 아니라 '혈기왕성한 노년'이라는 의미에서 핫 에이지Hot Age(뜨거운 인생)라고 명명하였다. 인생의 성패는 이 기간을 어떻게 보내느냐에 달렸다고 했다. 핫 에이지를 크로노스라는 시간 죽이기로 불행의 계곡으로 빠져들 것인가, 아니면 카이로스라는 의미 있는 삶을 통하여 행복마루로 오를 것인가의 선택이라는 의미이리라.

100세 시대를 맞으면서 누구에게나 일생일대의 숙제와 맞닥뜨리게 된다. 그것은 물건이나 기계처럼 낡아가지 않고, 귀하고 품위 있게 늙어가야만 하는 것이다. 이 난제를 푸는 열쇠가 바로 카이로스 삶이라는 믿음이다. 다음과 같은 여섯 가지 삶의 지혜를 내면화 하고, 이를 일관되게 실천하는 노력이야말로 카이로스 삶의 기본 정신이라고 말이다.

지혜 하나, 불가능한 것을 가능한 것으로 바꿔라

혹한이나 폭서나 폭풍우는 불가능의 영역이지만 내 마음의 기상은 나의 영역이다. 부모로부터 물려받은 얼굴 모양은 불가능의 영역이지만 얼굴 표정은 나의 영역이다. 인생의 길이는 불가능의 영역이지만 인생의 넓이와 깊이는 나의 영역이다. 이처럼 불가능의 영역을 관리 가능한 나의 영역으로 바꾼다.

지혜 둘, 희망에다 마음을 걸어라

희망은 미래에 일어나지 않을 수도 있는 일에 대하여 기대하는 것이요, 근심은 미래에 일어나지 않을 수도 있는 일에 대하여 걱정하는 것이다. 내 힘으로 어쩔 수 없으면 헛된 걱정이요, 내 힘으로 좌우할 수 있으면 최선을 다하는 것이 바른 답이다. 마음을 희망에 둘 것인지, 근심에 둘 것인지 너무나 자명하다.

지혜 셋, 불행과 행복의 기준은 분명하다

자기 자랑은 불행이고, 남의 칭찬은 행복이다. 미워하는 사람이 많으면 불행이고, 좋아하는 사람이 많으면 행복이다. 자기를 위한 기도만 하면 불행이고, 남을 위한 기도를 하면 행복이다. 한마디로 이기가 아닌 이타만이 행복을 만들어 간다는 사실이다.

지혜 넷, 향기를 풍기는 사람이 되라

생선을 쌌던 종이는 생선 냄새가 나고, 묵필을 쌌던 종이는 묵필 냄새가 난다. 꽃을 품고 있지 않는데 과연 꽃향기가 나겠는가. 부정적인 생각을 버리고 매사 긍정적인 마음으로 덕성을 지녀야만 인품의 향기가 나기 때문이다.

지혜 다섯, 소유의 가치를 존재의 가치로 바꿔라

인간의 목표는 풍부하게 소유하는 것이 아니라 풍성하게 존재하는 데 있다. 소유가 이기적인 채움을 통해 '부끄러운 나'를 드러내려는 것이라면, 존재는 내 안에 내재한 이타적인 '참 나'를 지키고 키우는 일이다. 소유의 가치에서 존재의 가치로 삶의 가치기준이 바뀌지 않는 한 행복을 담보하지 못한다.

지혜 여섯, 사랑의 가치를 넘어서는 것은 없다

'철학은 삶을 지향하고, 종교는 죽음을 지향하고, 사랑은 삶과 죽음을 모두 지향한다.'고 하였다. 부처님은 하나의 양초로 수천 개의 양초를 밝히지만 그 양초의 수명은 짧아지지 않는다고 하셨다. 이처럼 사랑은 나누어주는 것으로 줄어들지 않는다. 다정불심多情佛心, 바로 사랑이 많은 것이 부처님의 마음이다. 그리스도교는 '사랑' 그 자체라고 하지 않는가. 이 세상에 사랑의 가치를 넘어서는 것은 어떠한 것도 존재하지 않는다.

헨리 나우웬 과 원터 개프니는 "늙음이란 절망의 이유가 아니라 희망의 근거이며, 천천히 쇠락하는 것이 아니라 점진적으로 성숙하는 것이며, 견디어 낼 운명이 아니라 기꺼이 받아들일 기회다."라고 하였다. '카이로스 삶'이야말로 인생 100세 시대를 축복의 시대로 열어갈 키워드이다.

－《대구문학》권두칼럼(95호, 2012.3·4)

초년출세初年出世

전래 경구警句의 하나로 '남자가 피해
야할 세 가지 불행'이라는 게 있다. 그건 초년출세初年出世, 중년상처
中年喪妻, 말년무전末年無錢이다. 누구라도 중년에 사랑하는 배우자를
잃었다고 가정해보면 중년상처의 충격을 짐작해 볼 수 있고, 의식주
가 빈궁하여 병고와 외로움으로 지새는 노년에게서 말년무전의 괴
로움과 아픔을 목도하게 된다. 중년상처와 말년무전은 말만 들어도
엄청난 고통으로 다가 온다. 하지만 '초년출세'라는 말에는 고개가
갸우뚱거려진다.

초년출세, 누구의 인생에서나 쨍하고 해 뜨는 일이다. 그런데 그것
이 행복으로 오르는 빛나는 디딤돌이 아니라 말년행복을 막아서는
문제의 걸림돌이라니. 동경의 대상인 초년출세가 어김없이 불행을

자초하니 초년출세는 하지 말라는 격문과 다름 아니다. 그냥 넘겨들을 것도, 선뜻 동의할 것도 아닐 듯싶다. 왜냐하면 누구나의 포부이자 못내 그리워하였던 큰 성공이란 것이 초년출세이기 때문이다.

거기에는 필시 상당한 원인과 이유가 이를 뒷받침하고 있으리라고 여겨진다.

그렇다면 어째서일까? 아마도 초년에 출세한 사람은 미숙한 스스로를 최고라고 여기기 때문에 독선과 아집에 빠지기 쉽고, 교만해지기 쉬워서일 것이다. 이러한 인간관계는 여생을 관통하여 이어지지 않기 마련이다. 성공시대를 구가한 한 때를 여생 내내 추억하면서 과거에 묶여 살기 때문에, 행복은커녕 불행을 내내 자초할 것이라는 믿음이다.

초년에 엄청 잘나갔던 사람들을 눈여겨보면, 평준화시대인 노년을 맞아 더러 위세는 형편없이 구겨지고, 이미지는 찌그러질 대로 찌그러져 살아가고 있지 않던가. 경제적으로 구겨진 것이 아니라 삶이 구겨진 것이고, 마스크가 찌그러진 것이 아니라 생기를 잃은 이미지가 찌그러져 보인다는 말이다. 오히려 자기 나이에 걸맞게, 성숙한 단계에서 출세하는 편이 초년출세의 불행을 자초하지 않는다는 함의일 것이다. 나이를 보태가면서 이 말이 정녕 틀린 말이 아니란 것을 서서히 실감해 가고 있다.

216

노년에 이르면 초년의 출세로 누린 그 영화에 버금가는 새로운 충전요인이 있을 수도 없고, 현재를 거슬러서 과거의 존엄이나 영예에 매달릴 수도 없으니 이를 어찌하겠는가. 아름다운 노년은 나이를 보탤수록 낡아 가지 않고 늙어가야 하는 것이다. 익어가야 하는 것이다. 때문에 초년출세로 누린 만큼 노년에는 그만큼 더 자기성숙自己成熟과 자기제어自己制御가 요구된다고 생각할 일이다.

가끔 이 땅의 각 분야에서 혜성처럼 떠오른 청년 성공인, 은막의 스타나 스포츠 영웅들을 보면서, 초년출세가 더 큰 말년행복으로 이어지는 성숙한 삶이 어떠해야 될 것인지 되짚어 보게 된다. 앞으로 네다섯 배의 삶을 더 살아가면서 그들이 감당해야 할 충전의 에너지와 길고긴 자기제어의 시간을 생각하게 된다.

그래도 세상의 목표는 초년출세이다.

-《대구의 수필》(제10호, 2014)

사계死計

사계死計가 뭔가? 죽는 계획이 아닌가.

'계획'이란 것이 '앞으로 할 일의 방법이나 절차 등을 미리 생각하여 안案을 세우는 일'이기에 죽는 계획인 사계死計는 어찌 범부들에겐 직접적으로 관련이 없는 것처럼 느껴진다. 계획이 없는 것보다 있는 편이 유익하다지만, 앞으로 더 잘 살아가기 위한 것이 아니어서 일 듯싶다.

사계死計는 송나라 학자 주신중朱新中의 '사람이 살아감에 있어서의 다섯 가지 계획'인 인생오계론人生五計論이 조선 중기에 이르러 이 땅에 전해오면서부터 주목을 받았다. 참되게 살아가기 위한 생계生計, 병마와 부정으로부터 몸을 보호하고자 하는 신계身計, 집안을 편안하게 꾸려가고자 하는 가계家計, 멋지고 보람 있게 늙어가고자 하는 노계老計, 아름다운 죽음을 맞고자 하는 사계死計가 그것들이다.

당시 조선의 선비들은 사계死計의 실천을 오멸五滅이라고 보았다. 재물과 헤어지는 멸재滅財, 남과 맺은 원한을 없애는 멸원滅怨, 남에게 진 빚을 갚는 멸채滅債, 정든 사람과 정든 물건과 작별하는 멸정滅情, 죽음이 끝이 아니라는 신념을 갖는 멸망滅亡이 오멸五滅이다.

요즈음 노년들의 건배사가 9988234에서 9988231로 바뀌었다. "99세까지 팔팔하게 살고 2-3일 아프다가 죽자!"가 아니라, "99세까지 팔팔하게 살고 2-3일 아프다가 다시 일어나자!"라는 뜻이란다. 결론은 백세를 넘기자는 장수의 희망들이 담겨 있다.

현실적으로 우리나라 사람들의 평균수명은 80세를 넘어섰고, 노년들의 체력은 거꾸로 나이를 따르지 못하여 '칠푼이들'이라는 우스개 소리가 통하고 있는 실정이다. 이러한 추세에 비춰볼 때 백세시대도 그리 멀지 않았다고 여겨진다. 앞으로 장수시대를 살아가면서, 단순한 수명연장이 아니라 기계나 도구처럼 낡아가지 않고 품위 있게 늙어가야 하는 명제와 숙명적으로 마주하게 된다. 그 명제가 단 한 번 주어지는 '아름다운 노년의 길'이어서이다.

주신중이 말한 생계生計, 신계身計, 가계家計, 노계老計를 통하여 아무리 잘살았다고 해도 누구나 종국에는 죽음을 맞게 마련이다. "끝이 좋아야 다 좋은 것이다."라는 속담은 잘못된 죽음이야말로 살아오면서 쌓은 모든 것을 일시에 무너뜨릴 수 있다는 경구의 다른 표현이다. '잘 죽는 것이 잘 사는 길이다.'라는 사계의 막중함에 공감을 하게 된다. 어떻게 죽음을 맞아야 할 것인지를 알고 계획하는 사람은 어떻게 살아야 할 것인지를 분명하게 알 것이기 때문이다. 그러기에 아름다운 죽음이야말로 한 인간의 완성이라는 믿음이 인다. 그러고 보면 삶의 길이인 9988231보다 삶의 질인 죽음이라는 끝맺음 상태가 더 중요하다는 결론에 이른다.

다섯 가지 인연과 작별 하는 "오멸五滅"이 사계의 근본적인 방책이라면, 오멸五滅의 훼방꾼은 사람이 죽음에 이르기까지 소유하고자 하는, 그 재물과 명예에 기대서 살고자 하는 집착과 욕심이라고 여겨

220

진다. 살아가면서 이 집착과 욕심을 다스리는 일이 마음을 다스리는 길이요, 마음을 다스림에 있어서 오멸은 큰 가르침으로 자리하게 될 것이다. 멸재滅財, 멸원滅怨, 멸채滅債, 멸정滅情은 살아오면서 쌓은 사람과 물건과의 관계에서 해방되려는 것이지만, 멸망滅亡은 죽음이 끝이 아니라 '영원한 생명'이라는 신념의 일체화一體化이다. 때문에 오멸 가운데 멸망滅亡이 가장 중요한 실천항목이라는 데 이론의 여지가 없을 듯싶다.

인생오계론의 완성은 사계死計에 있고 사계의 중심은 멸망滅亡에 있다는 결론에 이른다. 고로 인생오계론의 핵심은 멸망滅亡으로 귀결된다. 그러하기에 죽음이 끝이 아니라 죽음 그 너머에 새로운 세계가 있다는 확신이야말로 종교에로의 승화가 외길이라고 믿는다. 버림과 잃음의 공포로부터 보다 자유로워지는 것은 종교에 귀의하는 것이라고 말이다. 바로 사계의 중심에 신앙이 자리하고 있어야 한다는 분명한 메시지이다.

사계死計야말로 영원히 사는 계획이 아닌가.

– 《달구벌수필》(제10호, 2014)

작가 연보

1945	일본 가나가와현 요코스카 출생
1946	경북 군위군 소보면 위성리(낭성)에서 성장
1952-1958	소보초등학교 입학 및 졸업
1958-1961	안계중학교 입학 및 졸업
1961-1964	대구상업고등학교 입학 및 졸업
1972-1974	한국방송통신대학 경영과 입학 및 졸업
1991-1994	한국방송통신대학교 경영학과 편입 및 졸업
1994-1997	경북대학교 경영대학원 입학 및 졸업(경영학 석사)
1965-2003	한전 공채 입사 및 정년퇴임(1직급, 경북지사장 역임)
1973	제1회 한전 고객봉사체험기 공모전 우수상 수상
1983	생산성 공헌, 석탑산업훈장(대통령) 수훈
1987-1989	(사)한미친선군민협의회(AUSA) 대구·경북지회 사무국장
1988	서울올림픽 공헌, 올림픽 기장(체육청소년부 장관) 수증
1997-2000	대구향교 장의
2005	평신도 선교사(천주교대구대교구)
2007-2009	천주교대구대교구 범어성당 총회장 및 제2대리구 대표총회장
2009-2015	(사)한전전우회 대구 · 경북지회 회장
2017-현재	EH솔라발전소 대표
2005	(사)한국수필가협회《한국수필》수필 신인상 수상
2006-현재	대구교대 평생교육원 문예창작아카데미 원장, 운영위원장
2007-현재	계간《문장》편집, 기획위원
2007-2010	달구벌수필문학회 회장

2007-2014	대구수필가협회 이사
2012-현재	한국수필작가회 이사
2012-2014	대구광역시문인협회 부회장
2013-2014	대구광역시동부교육청 문화예술 100인의 멘토
2014-2016	군위문인협회 창립회장
2015	한국수필작가회 문학상 수상
2015	계간《창작에세이》평론 신인상 수상
2015-2017	대구가톨릭문인회 부회장
2016	한전전우회 대경예술상 수상
2017	계간《문학시대》시 신인상 수상
2017	형상시학회 회원
2018	대구시인협회 회원
2018-현재	대구광역시문인협회 감사
2018-현재	월간《한국수필》편집위원
2018-현재	(사)한국수필가협회 부이사장
2019-현재	(사)한국문인협회 이사

■ 저서

2005.	수필집『거리』
2010.	수필집『재미와 의미 사이』
2014.	수필집『춘화의 춘화』
2017.	시집『사소한 자각』
2020.	시집『허공 도장』
2020.	수필집『아린芽鱗』